Roberto Ricci

The Red Harlequin©

A Vidente

Livro 5

Tradução
UBK Publishing House

ubook ubk Publishing House

Publicado mediante acordo com Pantomimus Media Limited. Edição traduzida do livro *The Red Harlequin: The Seer*, publicado por Pantomimus Media Limited.

COORDENAÇÃO	Alessandra Brito
EDIÇÃO	Fernanda Barreto
COPIDESQUE	Christian Danniel
REVISÃO	Nádia Maia e Eduarda Rimi
ADAPTAÇÃO DA CAPA E PROJETO GRÁFICO	Bruno Santos
DIAGRAMAÇÃO	Joyce Matos

Dados Internacionais de Catalogação na Publicação (CIP)
(Câmara Brasileira do Livro, SP, Brasil)

Ricci, Roberto
The red harlequin: a vidente / Roberto Ricci ; tradução UBK Publishing House. -- Rio de Janeiro: Ubook Editora, 2021. -- (The red harlequin ; 5)

Título original: The red harlequin : the seer
ISBN 978-65-5875-570-8

1. Ficção de fantasia. 2. Ficção italiana. I. Título. II. Série.

21-72828 CDD-853

Ubook Editora S.A
Av. das Américas, 500, Bloco 12, Salas 303/304,
Barra da Tijuca, Rio de Janeiro/RJ.
Cep.: 22.640-100
Tel.: (21) 3570-8150

Sumário

A mudança começa de longe.

É como uma nova forma de vida.

No início, você não consegue entendê-la, no entanto, ela está lá.

Já está completa, mesmo que você não a veja.

Somente quando a transformação está concluída, você pode olhar para trás e ver onde, em que momento e em que lugar tudo começou.

Você ficará surpreso ao descobrir que a metamorfose lhe modificou desde o início e só o tornou pleno no final.

CAPÍTULO 38

UM CASAMENTO... SÓ QUE NÃO

— Vamos ter um bebê...

Lembro-me vividamente de que o ar da noite estava impregnado com o cheiro doce das flores de jasmim. Eu e Cestia nos encarávamos com a mesma expressão confusa em nossos rostos. Podia dizer que minha Princesa Vermelha estava desesperada para avaliar minha reação. As chamas das tochas tremulavam dentro de seus olhos. Como eu poderia expressar em palavras a explosão de sentimentos dentro de mim? A notícia de que iríamos ser pais era surpreendente, mas ao mesmo tempo gloriosa e gratificante. Havia uma doçura tão especial em poder participar da criação que rezei para que aquele primeiro momento de descoberta parasse e nos mantivesse juntos em uma eterna felicidade.

— Viu? Eu disse que a noite era cheia de promessas!

Foi Ewy que acabou falando por nós.

A jovem Irmã Laranja havia voltado para perto de nossa fogueira. Ela começou a rir e a dançar.

— Vocês fizeram uma Pygma, vocês fizeram uma Pygma! — exclamava ela empolgada.

Pygma era uma cerimônia de intercurso entre as Cromos Laranja e os Cromos Amarelos.

— Ewy, por favor — disse Cestia, com seu rosto enrubescendo como as chamas de uma tocha. — Nem todo cromo compartilha seus... hã... costumes Laranja incomuns.

Confusa, Ewy perguntou:

— Bom, então, quais são os costumes de acasalamento do *seu* território?

Então foi minha vez de responder:

— No território Preto, nós... hã... juramos passar a vida inteira com outro cromo... através de um casamento.

Meus olhos dirigiram-se para Cestia.

— Ocorre a mesma coisa em Samaris — confirmou minha Princesa Vermelha.

— Ah! Então você precisa se casar com Cestia e preparar um casamento! — comemorou Ewy, batendo palmas.

— Sim — concordei, falando de um jeito mais delicado —, mas de onde venho, antes de casar com alguém, é preciso fazer um pedido.

Ao dizer isto, beijei Cestia e um enorme sorriso abriu-se em seu adorável rosto. Voltei-me para Ewy e ajoelhei-me, segurando o pingente laranja que era o símbolo da Irmandade dela.

— Não acha que é um pouco tarde para você, querida Irmã Laranja, testemunhar meu pedido de casamento? É hora de dormir e de buscar seus sonhos, caso contrário a noite não transformará as promessas em realidade.

Pisquei o olho para fazê-la entender que eu desejava ficar a sós com Cestia. Ewy, como a criança inteligente que era, compreendeu.

— Você está certo, mas até mesmo as princesas Vermelhas precisam descansar, se quiserem ter bebês saudáveis.

Ela retribuiu minha piscadela e dirigiu-se para uma das muitas barracas que minhas tropas rebeldes de arlequins tinham armado após nossa batalha vitoriosa. Estávamos cansados do combate, mas celebrando, pois fora necessária a colaboração de muitos cromos diferentes para realizar nosso sonho coletivo: liberdade e igualdade para os cromos de todas as cores.

Cestia aproximou-se e segurou minha mão.

— Eu queria ter certeza antes de contar para você. Gostaria de ter contado de outra forma, mas...

Antes que ela pudesse terminar, abracei-a e dei-lhe um longo beijo. Eu estava inebriado por seu perfume e a envolvi até que ela, relutante, afastou-se de mim para pôr as mãos sobre minhas bochechas.

— Sabe, acho que meu pai ficaria descontente comigo. Sou uma princesa sem um reino. Amo um cromo de um território diferente do meu e agora... serei a mãe de um... bebê sem cor cromática.

— Cestia, você é minha rainha e será a melhor mãe de um dos primeiros cromos verdadeiramente livres. Chtomio... ou melhor, Quadrio... não poderia estar mais orgulhoso de você!

Ajoelhei-me e disse:

— Case comigo, Cestia. Faça de mim a criatura mais sortuda dos territórios!

— Asheva... não posso me casar com você agora — respondeu ela, abatida.

Atordoado, levantei-me imediatamente.

— Por que não?

Ela me deu um beijo doce e disse:

— Eu te amo, Asheva, e quero me casar com você, mas não agora, não desse jeito. Não enquanto ainda estivermos em guerra. Casar-se neste momento parece apenas mais uma maneira de fugir de algo ruim e eu... Eu não vou mais fugir. Quero me casar com você, meu amor, em uma terra livre, não em uma que ainda esteja dividida. Quero que nosso filho cresça em um lugar de prosperidade, não de fome. O ritual Vermelho do Esponsali, ou casamento como vocês Cromos Pretos o chamam, também era... é importante para um cromo Vermelho, é uma escolha que resistirá ao tempo e que ninguém pode desfazer. Quero honrá-lo lutando por isso. Desta forma, sinto que meu pai ficaria orgulhoso de mim.

Ela parecia pensativa. Eu sabia que Cestia estava pensando nos Cromos Pretos e em como derrotar Nomius, o Grande Ancião, aquele que ordenara o assassinato de Quadrio.

— Talvez você esteja certa. Talvez ainda não seja o melhor momento — assenti.

Contei a ela sobre minha conversa com Andahar e sobre minha decisão de regressar aos territórios Pretos. Andahar, meu amigo de infância que se tornou um inimigo, tinha vindo me encontrar em segredo após nossa última grande batalha no território Azul. Talvez "batalha" não fosse o termo correto para a matança a sangue frio que tínhamos sofrido. Os Cromos Pretos manipularam os Cromos Azuis para nos impor ameaças e falsas promessas. Eles nos atraíram para sua grande cidade de Ayas com o falso pretexto de uma missão de resgate, e então nos prenderam em um beco estreito.

Lá, na sombra da grande Pirâmide Azul, praticamente todo meu exército de múltiplas cores fora massacrado. Os Cromos Pretos estavam nos esperando nas altas muralhas que nos cercavam e atiraram suas flechas, matando-nos como peixes em um barril. Foi preciso tudo o que tínhamos para virar o jogo, enfrentar nossos inimigos e fugir. Eu e Cestia perdemos muitos amigos próximos, mas meus arlequins renegados conquistaram o apoio dos Cromos Azuis derrotados, o último território a juntar-se às nossas tropas.

Mais tarde, Andahar arriscara sua vida, entrando sorrateiramente em nosso acampamento como um lobo faminto, bem no meio da noite. Nosso reencontro fora amargo, pois tínhamos lutado um contra o outro, não apenas naquela batalha, mas também nos territórios Laranja e Amarelo, onde nos enfrentamos em um combate corpo a corpo.

Ainda assim, pelos velhos tempos, e por um senso de curiosidade que me envolveu, eu o poupei e o escutei. O que ele tinha a dizer mudou toda a minha visão sobre o futuro da minha antiga Nação Preta, já que parecia que os Cromos Pretos também sofreram sob a mão de ferro do Grande Ancião Nomius. Ele havia explorado minha linhagem cromática em sua tentativa de conquistar os territórios, deixando os cromos Pretos que ficaram em Axyum famintos e forçando a maioria de seus soldados a lutar e marchar até a morte.

Andahar começou a compreender o meu jeito de ver as coisas quando testemunhou a brutalidade imposta friamente por Nomius sobre a terra que ele havia defendido por tanto tempo. Então, ele estava pronto para se rebelar e procurou minha ajuda, a assistência de um temido Arlequim. Ele estava desesperado e agia com humildade. Meu coração ficou partido ao vê-lo, e não pude recusar ajudá-lo. Entretanto, estava determinado a não arriscar meu exército sem retornar em segredo ao território Preto, por minha conta e risco. Eu precisava avaliar o verdadeiro estado das coisas, em primeira mão, para tomar uma decisão.

Cestia escutou sem dizer nada, até eu terminar.

— Se as coisas estão realmente tão ruins como este Andahar diz, então por que não convence todos os outros cromos a irem com você para perpetuar o ataque final aos Cromos Pretos?

— Você viu como os outros reagiram até agora à ideia de atacar Axyum. Esta não é mais a guerra deles, Cestia. Todas as nações aliadas sofreram perdas enormes, assim como os Cromos Pretos. Todos estão cansados.

— Mas se você for sozinho, Asheva, nunca voltará vivo. Entende isso? — disse ela.

Seus olhos encheram-se de lágrimas. Eu a beijei.

— Foi você quem previu que isso aconteceria. Você disse que, mais cedo ou mais tarde, todos nós vamos para casa. E estava certa. Assim como você, eu também não quero uma saída fácil.

Devo isso ao jovem Asheva que cresceu lá: ele não cometeu erros e foi arrastado para esta confusão porque outros decidiram seu destino por ele. Não posso fugir do meu passado. De fato, não quero mais fugir. Devo isso não só a mim mesmo, mas a Chtomio e a meu… filho.

Ela ponderou minhas palavras e depois assentiu com a cabeça, relutante em concordar.

— Já é tarde. Precisamos descansar. Amanhã cedo vamos pensar em um plano. Não vou deixar você enfrentar os Cromos Pretos sozinho. Começamos esta guerra juntos e vamos acabar com ela juntos! — disse Cestia.

Sempre admirei a coragem dela. Respondi:

— Não poderia estar com mais ninguém além de você! Faremos da forma como disse.

Então beijei-a, outra vez, antes de deixá-la relutantemente na barraca laranja.

— Você estará em melhor companhia com as Irmãs Laranja do que comigo esta noite — afirmei. — Tenho tanto em que pensar que só a manteria acordada com minha inquietação.

Porém, ao voltar à minha barraca já tinha me decidido: eu partiria naquela noite. Precisava descobrir se Andahar iria realmente cumprir o que prometera e necessitava enfrentá-lo sozinho. Então, menti para Cestia. Eu me consolei pensando que era uma mentira nascida do amor. Ela entenderia… em um momento ou outro.

◆

CAPÍTULO 39

UMA NOITE SOB DISFARCE

Eu tinha pouco tempo para me organizar. Dúvidas a respeito da viagem em que estava prestes a embarcar atravessaram minha mente tão rápidas quanto flechas. Pensei também no bebê que Cestia levava em seu ventre. Eu concordara em ajudar Andahar antes de saber sobre meu filho, mas agora que sabia, estava ainda mais motivado a voltar para Axyum. Que filho respeitaria um pai fugitivo? "Um filho", sorri ao pensar nisso. Parte de mim ainda não conseguia acreditar. Como ele seria? E se fosse ela? Como seria minha filha? Uma coisa que eu sabia com certeza era que não queria que ele ou ela crescesse sem mim e apenas esse pensamento me deu forças. Sim, eu iria a Axyum e terminaria o que comecei. E lá, também me reuniria à minha mãe. Eu rezei aos deuses, com tanta intensidade, desejando do fundo do meu coração que ela ainda estivesse viva.

Minha cabeça girava. Eu estava cansado, mas não conseguia dormir. Decidi que deixaria Cestia com metade de uma máscara, feita pelas minhas próprias mãos. Era algo que os casais faziam em Axyum. Eles trocam um simples sinal de amor um pelo outro, chamado *sortes*. Quando nós dois nos reencontrássemos, iríamos nos unir, nossas sortes e nosso destino. E ninguém conseguiria nos separar.

Saí da barraca para cortar um pedaço de casca de árvore de carvalho. Enquanto estava ocupado talhando a máscara, quase pulei quando uma voz ecoou atrás de mim.

— Hum... pelo visto não sou o único que não consegue dormir esta noite.

Era Danayd, de pé a alguns metros atrás de mim.

— O que você está fazendo aqui? — perguntei, mais surpreso pelo fato de não tê-lo ouvido chegar.

Há quanto tempo ele estava ali me observando?

— Nunca durmo completamente — disse ele, continuando a conversa como se não tivesse ouvido minha pergunta.

— O que houve com seu cabelo? — perguntei.

Mesmo no escuro, eu podia ver que o cabelo dele não estava mais longo e prateado, mas curto e escuro.

— Ah, você percebeu. É um rito Violeta que ajuda a resistir ao envelhecimento — justificou, dando de ombros.

Lembrei-me da obsessão dos Cromos Violeta pela beleza, embora seus padrões fossem bem diferentes dos outros cromos. Danayd baixou a voz e acrescentou:

— Você está prestes a partir então... para Axyum.

— Como... você sabia disso? — perguntei, espantado.

— O conhecimento é minha ocupação, você já deveria saber.

— Sim, deveria — respondi. — Mas, de alguma forma, você sempre me surpreende.

— Acredite, eu poderia surpreendê-lo de muitas outras maneiras — acrescentou, enquanto enrolava seu manto.

Ele aproximou-se e disse:

— Presumo que será inútil dizer que se for até Axyum, morrerá. Você iria assim mesmo.

Ele aproximou sua máscara do meu rosto, e seus olhos escuros e penetrantes me encararam fixamente.

—Tenho que ir — respondi, recuando. — Axyum é meu lar, e preciso enfrentar os Cromos Pretos de uma vez por todas.

— Foi o que imaginei. Você é de fato teimoso, meu jovem amigo arlequim.

Ele afastou-se na direção da minha barraca e ajoelhou-se para pegar algo:

— Foi por isso que vim até aqui. Para lhe trazer isto.

Ele caminhou gentilmente na minha direção, segurando um frasco.

— Normalmente, esta poção é tomada apenas por cromos Violeta — explicou ele —, mas pensei que, no seu caso, poderia ser feita uma exceção. Beba. Isto lhe dará a força tão necessária para sua viagem.

— Mas…

— Sem "mas". A viagem é longa, e você precisará estar no seu melhor.

Ele apontou para o chão.

— Venha, vamos passar um tempo juntos uma última vez antes de você partir.

Danayd estava interferindo nos meus planos, mas eu não queria ofendê-lo. Talvez sua poção de ervas pudesse aliviar o cansaço que eu começava a sentir. Tomei um gole e senti um gosto agradável de uma mistura de ervas da montanha e mel. Vorazmente, bebi mais.

Naquele momento, lembrei-me de como meu primeiro encontro com Danayd, conhecido pelos Cromos Violeta como Magnífico Monarca, havia sido diferente. Nosso pequeno grupo entrou no território Violeta com a intenção de conquistar aliados e tropas para nosso exército rebelde. Eu e Cestia fomos levados à sua torre alta e escoltados para jantar em um terraço a centenas de metros do chão, pelo amante dele, Thalassino.

No início, Danayd me parecera um cromo distante e imponente, relutante em se juntar à nossa causa. Meus pedidos por sua ajuda foram completamente em vão, e o jantar terminou com Cestia sendo empurrada do terraço por Thalassino! Fiquei horrorizado ao ver que ele mesmo a salvou da morte, ao agarrar sua mão, mas continuou a mantê-la pendurada sobre o abismo. Danayd me perguntou se eu estava disposto a sacrificá-la para conseguir que ele se unisse à nossa causa.

É claro que eu disse que não e, naquele instante, Cestia desvencilhou-se de Thalassino. Investi contra Danayd, cego pela raiva, e ultrapassamos a borda do terraço e caímos. Aterrissamos ao lado de Cestia em uma rede invisível. Na verdade, todo o evento fora encenado por Danayd para provar um ponto: na guerra, você deve estar disposto a sacrificar *tudo* para alcançar a vitória. De que outra forma um monarca poderia confiar o destino de todo o seu exército a alguém que fizesse menos que isso? Como queimei em fúria por causa dele. A ideia de que eu poderia ter perdido Cestia me devastou. Mais tarde, fora de sua vista, chorei. Não só ao pensar em perdê-la, mas porque Danayd fizera uma pergunta brutal que realmente me levou a pensar, especialmente quando mais tarde perdi um de meus amigos mais próximos na guerra...

Desde então, eu e Danayd estabelecemos uma amizade cautelosa. Afinal, ele muitas vezes me deixava confuso com sua estranha maneira de usar meios sagazes e frios para alcançar fins compassivos.

— Diga, do que você se lembra sobre Axyum? — perguntou ele, enquanto eu bebia até a última gota da poção.

— Hum, vejamos... do cheiro de carvão vindo das chaminés, das vielas estreitas feitas de paralelepípedos, do Seminário... É como se eu tivesse partido ontem — disse. — Você nunca nos chamaria de povo exuberante, mas somos muito afeiçoados aos nossos modos recatados e devotos à tradição.

— E os Anciãos? O que diz sobre eles?

— Ah, os Anciãos... Aquele bando de canalhas. Eles vivem em seu palácio, deleitando-se com a miséria dos cromos comuns... — bocejei, mas continuei falando.

— E seu amigo, Andahar, como ele é?

— Andahar... — repeti. — Andahar é... Andahar era um amigo próximo. Era bem-humorado. Então, ele se tornou inflexível. Amargo. Não o censuro por isso. Ele é... espere! Como você sabe o nome dele?

Senti minha cabeça girar. Danayd tinha me espionado?

Ele fingiu que não ouvira minha pergunta. Em vez disso, comentou:

— Sei muito bem o que você quer dizer. Certa vez, também tive um amigo de infância. Éramos como irmãos...

Eu queria perguntar, novamente, como ele sabia sobre Andahar, mas não consegui. Minha língua parecia grossa e peluda, como musgo. Continuei balbuciando sobre Axyum como se fosse a única coisa que poderia fazer, apesar de estar cada vez mais cansado. Mas quanto mais eu queria dormir, mais minha boca queria falar.

— Acho que sua poção não está fazendo efeito...

Consegui dizer, entre os nomes e os lugares que detalhavam meus comentários difusos sobre a Nação Preta.

— Eu me sinto sonolento.

— Ah, eu diria que a bebida está funcionando muito bem — respondeu Danayd.

Ele levantou-se e tirou o frasco das minhas mãos. Só então percebi que estava segurando-o com firmeza durante todo aquele tempo, como se estivesse paralisado e o frasco fosse minha única fonte de apoio.

— O que... você está... fazendo...?

As palavras saíram muito lentamente da minha boca. Tentei me levantar, mas minha cabeça não controlava mais meu corpo. Eu nem conseguia me concentrar em Danayd.

A última coisa que vi foi o Monarca afastar-se lentamente. Magro e fantasmagórico, ele desapareceu na escuridão da noite.

— Asheva está acordando, venha!

Abri os olhos. Thalassino e Cestia estavam acima de mim, profundamente preocupados. Tentei me levantar, mas minha testa latejou como se mil cavalos tivessem galopado sobre ela.

— O que houve? — perguntei, esfregando minhas têmporas.

— Também gostaria de saber. Nós encontramos você aqui, deitado no chão — disse Cestia.

Recordei-me dos acontecimentos da noite anterior.

— Danayd me deu algo para beber ontem à noite e…

De repente, percebi que o sol estava a pino.

— Andahar! Não vou conseguir alcançá-lo até amanhã!

— Ah, que pena — disse Cestia, sua voz não parecia completamente decepcionada com o fato de que eu não chegaria a tempo ao meu encontro.

— Danayd fez isso comigo! Ele me drogou! — afirmei, tentando dar sentido ao que aconteceu.

— Isso é um absurdo — disse Cestia. — Por que ele faria uma coisa dessas?

— Não sei — respondi.

Depois olhei para Thalassino.

— Onde ele está agora? Na casa móvel dele?

Eu estava furioso. Mesmo com a cabeça girando, eu tiraria satisfações com o líder Violeta na frente de todos. Então, ele precisaria dar algumas explicações consistentes.

Levantei-me, mas Thalassino me impediu:

— Fique calmo, Asheva, você não vai encontrar Danayd lá. De fato, você não vai encontrá-lo de jeito nenhum.

Thalassino não era tão alto quanto Danayd, mas era muito mais musculoso. Eu esperava que ele aplicasse alguma força para me deter, mas não foi o caso. Ele me soltou, quase tão logo quanto me tocou.

— Como assim?

Thalassino não respondeu. Em vez disso, baixou a cabeça.

— Onde ele está, Thalassino? Responda!

— Ele foi embora, Asheva — disse.

Thalassino caminhou até um grande carvalho e colocou a mão sobre o tronco.

— Ele fez isso por nós. Ele fez isso... por você.

— Ele fez *o quê* por mim?

— Foi ao encontro de seu amigo cromo Preto... disfarçado como você.

Detectei um tom de raiva em suas palavras, enquanto dirigia-se a mim.

— Ele fez o quê? Mas não há como isso...

Mordi os lábios, de repente tudo fez sentido. O corte de cabelo curto e escuro que ele revelou ontem à noite... não era o estilo Violeta. A máscara sombria que ele usava... e a poção... e minhas intermináveis descrições sobre Axyum. Nosso encontro amigável fora todo planejado por Danayd para me imitar. Nós não éramos muito diferentes em altura e compleição física. Ele era um mímico especialista e uma máscara faria o resto. Andahar, que não tinha falado com mais ninguém, nunca esperaria um impostor. Ainda assim...

— Eu e Andahar crescemos juntos. Éramos muito próximos. Danayd não sabe quase nada a meu respeito! — apontei. — Além disso, não uso mais máscaras. Andahar sabe disso e certamente vai perceber.

Thalassino falou com gentileza:

— Danayd observou você. Ele sabe mais do que pensa. E sabe muito bem como se passar por outros, acredite. Tudo que ele precisa é se aproximar do seu amigo. Depois disso, não precisará continuar com seu mistério.

— O que você quer dizer? — perguntou Cestia. — Não entendo. Por que ele faria uma coisa dessas?

— Danayd viu isso como uma oportunidade perfeita para entrar em Axyum. Ele não está preocupado em voltar.

A expressão em meu rosto deve ter sido de perplexidade e confusão para Thalassino balançar a cabeça. Então ele disse algo que eu nunca teria imaginado, nem em mil anos.

— Danayd é um Arlequim. Um Arlequim *de verdade.*

— Do que você está falando, cromo Violeta? — exclamou Cestia.

— É verdade — disse. — Ele pode mudar as cores. *Ele mudou* de cor.

Eu não tinha nenhuma razão para não acreditar em Thalassino, porém, mais uma vez, eu tinha experimentado, enquanto viajava sozinho, o poder das superstições e falsas crenças sobre os Arlequins que dominavam os territórios. A essa altura, eu tinha minhas dúvidas sobre a existência de Arlequins de verdade, embora outro cromo que eu respeitava, Chtomio, me tivesse dito o contrário, durante as sessões de treinamento que ele iniciou para me preparar para a vida como um Arlequim Vermelho rebelde.

A questão era complexa para muitos cromos, que se recusavam a acreditar na ideia de que sua cor de nascimento era falsa. No entanto, Chtomio tinha me provado isso usando seu escópio, um dispositivo semelhante a uma luneta que deveria exibir a aura colorida em torno de um cromo nascido de cada nação: Vermelha, Preta, Azul, Violeta, Amarela, Laranja e Verde. Os cromos reverenciavam esses antigos dispositivos, vendo apenas a prova visual infalível que eles ofereciam de sua ascendência singular. Fiquei igualmente chocado quando Chtomio alterou o dispositivo para transformar minha aura em qualquer cor que ele desejasse. Ele disse que podia fazer isso porque todas as auras cromáticas eram falsas. A cor era uma mera projeção da máquina.

Levei algum tempo para aceitar isto, mesmo com as evidências postas diante de mim. Rejeitar minha cor significava descartar uma parte vital do meu ser, mas também mostrava que eu não era mais um prisioneiro da minha cor cromática. Nossas cores nunca nos permitiram casar e até mesmo a amizade entre membros de nações de cromos diferentes era condenada. Poucos considerariam viver em outro território.

Sim, a tradição era tudo. Mas ela conduziu à mais limitada e restritiva das vidas. Ninguém sabia disso melhor do que eu. No território Preto, nós nos orgulhamos da capacidade de subverter nossas necessidades individuais para o bem de nossa sociedade. Desde a infância, somos criados com um propósito: ser útil, eficiente e obediente, nunca nos rebelando, nunca nos colocando acima de nossas tarefas delegadas, nunca declarando nossas próprias necessidades, a subserviência era recompensada, e a desobediência, punida.

Quanto mais um cromo Preto era devoto e eficiente, mais respeitável e honrado se tornava aos olhos dos outros. Os mais rigorosos entre nós eram promovidos ao status de anciãos, não importando a idade, para orientar os demais e garantir a manutenção de nossos rígidos valores e tradições. Ai do cromo que não se encaixasse ou não conseguisse se encaixar. O exílio, a fuga, a depressão e o suicídio pareciam ser o destino dele.

Como um jovem cromo, bem no fundo, a única liberdade que encontrei estava em minha própria cabeça. Eu nos comparava com as formigas negras brilhantes que eu via trabalhando nos campos. Tais criaturas mantinham a cabeça baixa e trabalhavam em incansável uníssono. Elas criavam um lar seguro e coletivo, mas não se preocupavam com todas as coisas maravilhosas que a vida tinha a oferecer. Qual era o objetivo? Eu sentia que elas não viviam de verdade, mas simplesmente existiam. No entanto, agora era possível escolher meu próprio destino! A sensação de liberdade que essa revelação despertara dentro de mim me ajudou muito a superar o choque.

Minha essência e as más intenções da Nação Preta eram incompatíveis. Se os Anciãos queriam que servíssemos sem questionar, para mim, isso significava ser um escravo. Eu me ressentia de ver aqueles que amava serem usados por aqueles que estavam no poder. Essa postura custou ao meu pai, um soldado leal, sua vida; à minha mãe custou quase sua dignidade; e a mim, custara a essência, ao tentar reprimir quem eu deveria ser. Agora, tudo o que eu queria era dar aos outros a liberdade que eu havia alcançado.

Quando me tornei o Arlequim Vermelho, descobri que os verdadeiros rebeldes simplesmente não rejeitam as regras ou o que os outros dizem, apenas por serem diferentes. Eles acreditam em uma causa particular e podem articulá-la com convicção. Há um método maravilhoso para a aparente loucura dos rebeldes.

— Não entendo — disse Cestia, interrompendo meus pensamentos e me trazendo de volta ao presente. — Como Danayd pode mudar o que não existe?

— Ele é um camaleão cromático — insistiu Thalassino. — O Magnífico é capaz... de qualquer coisa.

Pude ver que a afirmação de Thalassino baseava-se na reverência e no amor verdadeiro. Ao olhar para Cestia, compreendi os sentimentos dele. Porém, na verdade, Danayd tinha ido em uma missão suicida. Mesmo se ele convencesse Andahar a levá-lo para dentro do território Preto, sem dúvida, seria impedido por Nomius bem antes de chegar perto o suficiente para assassiná-lo. Aquele Grande Ancião era muito hábil e paranoico para deixar que alguém que ele acusou de ser um arlequim se aproximasse.

— Talvez Chtomio estivesse certo no fim das contas — considerei, mais para animar o espírito de Thalassino do que para qualquer outra coisa. — Arlequins existem de verdade.

— Chtomio? Nossa, não ouvia esse nome há muito tempo... — disse Thalassino, surpreendendo-nos ainda mais.

— Você o conhecia? Você conhecia meu pai? — perguntou Cestia, ainda mais espantada.

Thalassino assentiu:

— Nós dois conhecíamos bem Chtomio, eu e Danayd. De tempos mais felizes, quando éramos mais jovens.

— Mas como isso pode ser verdade? Danayd é um cromo Violeta, e meu pai era um cromo Vermelho. E Chtomio era seu nome antes de se tornar o Rei Quadrio, dos Cromos Vermelhos!

— Sim, também sei tudo sobre isso. É uma longa história — respondeu Thalassino. — Algo que o próprio Danayd deveria ter contado a você, mas agora que ele se foi... e não sei se algum dia voltará... — sua voz embargou.

— Ele não deve estar tão longe — afirmei. — Se formos rápido, talvez seja possível alcançá-lo antes que se encontre com Andahar amanhã na estrada Canceriana.

— Não! — protestou Thalassino. — As ordens de Danayd foram claras. Você deve ficar aqui entre nossos amigos cromos. Se você for, Danayd terá se sacrificado em vão.

— Qual era exatamente o plano dele? — perguntei.

— Ele não quis me contar. Tudo o que sei é que está atrás de Nomius.

— Mais uma razão para ir atrás dele — respondi, e sem esperar por uma resposta, dirigi-me ao meu cavalo.

— Vou com você — acrescentou Cestia.

— Mas e o bebê?

— A criança terá que se acostumar com as vontades da mãe e do pai — respondeu ela, sorrindo.

Assenti com a cabeça e retribuí o sorriso. Talvez tivéssemos sido imprudentes e não vivêssemos para ver outro dia, mas, naquele momento, eu e Cestia nos sentíamos invencíveis.

Thalassino, sem dúvida, viu a determinação em nossos olhos porque disse:

— Então que assim seja. Eu também irei. Ao menos uma vez, desobedecerei a meu Monarca.

Nós três montamos nossos cavalos e galopamos em direção ao Território Preto. Quanto a nossos amigos e aliados, decidimos não dizer nada a eles, já que tentariam nos deter. Cestia apressadamente escreveu um recado para Ewy ler e compartilhar com todos os outros líderes, explicando nossas ações.

Ao cruzarmos as grandes planícies do território Azul, não pude deixar de pensar na primeira vez que viajei por aquele caminho. Muita coisa mudara desde então. Naquele momento, eu sentia que não era mais um estranho lá, eu *conhecia* aquelas terras. Elas pertenciam a mim, assim como a todos os cromos. Pensando nisso, porém, talvez o único lugar onde realmente me sentisse como um estranho fosse na própria Axyum, a cidade que deveria ser meu lar.

Olhei para Ayas, a fabulosa e rica cidade dos Cromos Azuis. A brilhante Pirâmide Azul, que tinha sido o orgulho daquele lugar por gerações, desapareceu. Nós a derrubamos e a substituímos por uma esfera multicolorida que não favorecia nenhum território, mas honrava a todos eles. Ela também serviu como um memorial à batalha que mal tínhamos vencido. Muitos entes queridos, incluindo meus bons amigos Daerec e Shaina, foram enterrados, descansando um nos braços do outro.

Olhei para Cestia e percebi que ela também estava pensando neles. Sem uma palavra, guiamos nossos cavalos para fora da estrada, indo mais longe no interminável mar de trigo. Thalassino nos seguiu sem questionar. Sem dúvida, ele também estava imerso nos próprios pensamentos.

Embora o sol estivesse quente em nossas costas, as noites eram frias e o cheiro fresco do outono estava no ar. Um vento célere soprava o trigo maduro ao nosso redor. Sempre cavalgávamos por um oceano de branco, marrom, verde ou dourado, mas era o ouro que eu mais gostava, um mar dourado que se estendia até as montanhas no extremo oeste. Uma cúpula azul sem nuvens do céu sulista estava acima de nossas cabeças. Nas planícies, os Cromos Azuis a chamavam de "Grande Céu".

Lembrei-me da antiga expressão deles: "Você pode ver através dos olhos de sua máscara a perder de vista." Realmente, não havia nuvens, não havia colinas, nada que bloqueasse nossa visão.

Tínhamos galopado incansavelmente pelas planícies, e eu podia sentir o cansaço dos cavalos, assim como o nosso, mas não podíamos parar. Não se quiséssemos alcançar Danayd. O melhor que podíamos fazer era manter os cavalos andando por um tempo, permitindo-lhes algum descanso.

Com o ritmo mais lento, surgiu outra vez uma oportunidade para conversar.

— Ainda não entendo como Danayd e meu pai poderiam ter se conhecido quando eram jovens — disse Cestia. — Dada a desconfiança e a condescendência que todos temos em relação a outras cores.

— Só há uma maneira de descobrir — respondi.

Dirigindo-me a Thalassino, perguntei:

— Você vai nos contar ou não?

— É uma longa história — suspirou ele.

Cestia o encarava com uma expressão teimosa e obstinada que eu conhecia muito bem:

— É de meu pai que você está falando, não apenas de Danayd. Eu mereço saber.

O cromo Violeta olhou para ela e suspirou.

— Muito bem. Falarei sobre Danayd e seu pai. Mas para contar a vocês sobre eles, primeiro preciso falar sobre Sybilla, a Vidente Laranja.

◆

CAPÍTULO 40

A VIDENTE

O último vislumbre que Sybilla teve de Crodya desapareceu atrás dela, a distância. Ela fazia parte de um grupo de Irmãs que se afastaram resolutamente da antiga cidade Laranja, em uma única fila, caminhando no topo de um planalto de arenito. O som de suas lanças batendo no chão em uma cadência unificada dava a elas um senso de urgência.

Ela estava empolgada e nervosa, ao mesmo tempo. E assustada. E feliz. "É isso, não há como voltar", pensou. Logo, Sybilla ficaria livre para fazer o que quisesse. A estrada para o Templo era longa a pé, mas não era nada comparada ao caminho que ela seguira quando tinha apenas sete solstícios. Foi então que decidiu que se tornaria alguém muito diferente do restante das cromos Laranja.

— Está tudo bem, Sybilla? — perguntou Arunthia.

Ela era a Irmã mais velha encarregada de liderar o grupo.

— Quer descansar?

— Não, obrigada, me sinto muito bem... — respondeu ela.

— Sei que o caminho é cansativo, mas você só o fará uma vez. Pense em nós, pois precisaremos percorrer este caminho para honrar você a cada lua cheia.

Ela assentiu com a cabeça e pensou que as outras Irmãs foram de fato muito amáveis durante toda sua jornada. Ela era grata de coração por seu amor e por seus modos silentes e atenciosos. Sybilla sentiria falta das companheiras, mas estava ainda mais empolgada com a noção de sua liberdade recém-descoberta.

Os olhos castanho-escuros de Sybilla admiravam a vista. Ao seu redor, o espetáculo da natureza era incrível: o planalto ferrugíneo competia com o céu azul em uma corrida para ver quem chegava primeiro ao horizonte. Ela sentiu os raios quentes do sol nos braços e nas pernas, enquanto uma brisa delicada acariciava seus cabelos cor de mel. Nunca estivera tão viva antes! Pensava que, sim, essa simples alegria era exatamente o que merecia. Havia passado por tanta coisa nos últimos tempos, e as deusas sabiam disso. Aquele era um sinal que realmente projetava um futuro favorável para ela como recompensa por seu sofrimento. Mas Sybilla só se permitiu sentir dessa maneira por um instante. A razão entrou em cena e lembrou-se de que o resultado de seu destino dependia dela e somente dela.

Sybilla resistiu ao impulso de jogar fora a delicada máscara de cobre para poder sentir o sol e o vento em seu rosto. Suas Irmãs-guia não poderiam ver como estava feliz. Aquela deveria ser uma ocasião solene, repleta de contemplação a respeito do mundo tangível que ela estava deixando para trás e do mundo espiritual em que habitaria até o fim de seus dias.

As Irmãs continuaram marchando, aparentemente despreocupadas com o calor e a fadiga. De vez em quando, paravam para cumprir outra tarefa da longa lista de ações tradicionais que compunham... O Rito. Todas as Irmãs que acompanhavam Sybilla cortavam uma mecha dos próprios cabelos para pendurar na lança de madeira que cada uma levava. Depois, deixavam as lanças ao longo do caminho como símbolo de sua unidade com sua nova Vidente e como um último adeus para ela.

Delphica foi a primeira. Era uma das Irmãs mais jovens. Sybilla ouviu seu suspiro atrás da máscara e fez o melhor que pôde para confortar a amiga.

— Seu cabelo voltará a crescer, você sabe — disse ela.

— Não é sobre meu cabelo — argumentou Delphica, cortando uma madeixa do longo rabo de cavalo castanho-dourado com sua faca. — É sobre você...

Sybilla assentiu com a cabeça.

— Embora nossos corações possam estar separados, nossas almas nunca estarão — entoou ela.

Sybilla percebeu, com um prazer secreto, como os olhos de Delphica se arregalaram. Sua amiga ficou definitivamente impressionada com sua frase de efeito.

As Irmãs enfim chegaram a um local sagrado no planalto, sobre o qual um pequeno conjunto de escadas havia sido esculpido, descendo em um estreito desfiladeiro aninhado entre outros penhascos.

Arunthia fez um gesto para que o grupo parasse. Ela disse:

— Irmãs, nossa jornada terminou. Vamos comer uma última refeição com Sybilla e depois cada uma lhe dará o último adeus.

Sybilla ouviu as palavras de sua Irmã sabendo que ela não seria mais conhecida como Sybilla, uma cromo Laranja, mas sim como a Vidente.

Quatro Irmãs mais velhas prepararam a comida enquanto quatro mais novas começaram a vestir Sybilla para sua nova vida. Elas cuidadosamente colocaram um manto branco nos ombros dela e depois substituíram sua simples máscara de cobre por uma versão mais luxuosa, incrustada de joias e filigrana, que brilhava ao sol como nenhuma outra máscara que Sybilla já vira.

— Ela é feita de espessartita — explicou Delphica. — Brilha como mil pontos de luz.

Sybilla admirou a máscara antes de colocá-la. Tocou o delicado objeto com a ponta dos dedos até alcançar a grande safira azul posta no centro da testa da máscara.

— Isto é para simbolizar seu terceiro olho — acrescentou Delphica —, pois você pode ver o que nós não podemos: o futuro.

Nervosa, Sybilla ajustou a nova máscara no rosto. Àquela altura, começou a sentir todo o peso do seu dever se abater sobre si. Ela se perguntava se conseguiria comer alguma das deliciosas guloseimas que as Irmãs estavam lhe preparando.

Todas as outras Irmãs pararam o que estavam fazendo e curvaram-se em sinal de respeito.

— Nossa, como você está linda — exclamou Cumana.

— Você é mais luminosa do que o próprio sol — concordou Delphica. — Venha e sente-se aqui ao meu lado, para que eu passe óleo em seus cabelos.

Esse era mais um passo no Rito. Sybilla assentiu com a cabeça.

A jovem Irmã, Helespontina, tirou uma flauta da bolsa e, colocando-a perto da fenda da boca da máscara, tocou uma melodia ágil que Sybilla já ouvira muitas vezes antes. Ainda assim, tal melodia em particular a comoveu. Algumas lágrimas rolaram por suas bochechas, mas ninguém as viu cair, pois estavam ocultas atrás da nova máscara. "Precisarei aprender a lidar com minhas emoções sozinha", pensou.

Delphica penteou suavemente os longos cabelos de Sybilla, murmurando um cântico. De repente, ela parou e sussurrou:

— Prometo que lhe venerarei todos os dias, minha Vidente, e que sempre virei lhe visitar. Sempre!

Sybilla sorriu debaixo de sua nova máscara. Ela sabia que isso era impossível. As outras Irmãs em Crodya não deixariam Delphica vir sozinha ao Templo, pelo menos não de imediato, dada sua pouca idade, mas ela assentiu com a cabeça e a abraçou do mesmo jeito. De todas as Irmãs, Delphica era de quem sentiria mais falta.

Ao anoitecer, as nove cromos retiraram as máscaras e comeram juntas, rindo e conversando enquanto relembravam os dias de treinamento de Sybilla como uma Irmã principiante.

— Você se lembra de quando Sybilla tocou a víbora? — disse Helespontina a Cumana, com um risinho caloroso.

— Sim, eu me lembro disso — respondeu Cumana. — Ah, foi horrível, com aquela língua... Nossa... E Sybilla acariciou-a também! — acrescentou com repulsa.

As outras Irmãs riram.

Sybilla lembrou-se vividamente da sua primeira lição de adivinhação, que lhe fora dada quando tinha apenas quatro solstícios. Ela sempre se interessou por muitas coisas e, quando uma das Irmãs mais velhas entrou no quarto comunal com uma víbora nas mãos, Sybilla foi a única que se atreveu a se aproximar do animal. Corajosa, caminhou até a serpente e a tocou, enquanto as outras Irmãs mais velhas gritavam. Ela adorava a sensação das escamas frias e suaves sob seus dedos, o tamanho uniforme e as marcas laranja e amarelas brilhantes, pois ela nunca temera os animais. Eram seres criados pelas mesmas deusas que criaram os cromos.

Arunthia, então, chamou todas para se prepararem.

— Venha, nossa Vidente. Chegou a hora.

Ela colocou um pingente no pescoço de Sybilla e entoou:

— Este é o Pingente Cornalina Bruta. Foi usado por Liunilla, antes de você e será usado pela nova Vidente, depois de você.

Sybilla olhou para a pedra polida vermelha-alaranjada e sentiu um tremendo orgulho preencher seu coração. Dizia-se que a superfície da joia havia sido desgastada suavemente pelo toque de mil Videntes.

Ela agradeceu a Arunthia e colocou a nova máscara de espessartita mais uma vez. Então Arunthia declarou:

— Irmãs, concluímos O Rito!

As outras Irmãs também colocaram as máscaras, formaram um círculo ao redor de Sybilla e levantaram as mãos para o céu. Então se curvaram, tocando a testa na terra para honrar as deusas.

Sybilla, que havia praticado sua parte individual do Rito em Crodya, aproximou-se de cada uma de suas guias. Ela tocou a testa mascarada delas, sussurrando: "Adeus, minha Irmã". Então ela ofereceu uma pequena previsão para cada. Sybilla lembrou-se do que cada uma havia desejado, graças aos segredos sussurrados durante a juventude que muitas se esqueceram, mas ela nunca. Naquele momento, ela tentava fazer suas previsões com boas novas para todas elas.

— Adeus, Vidente. Que a Tríade Sagrada a guie e a proteja — responderam elas.

Uma de cada vez, começaram a retirar-se do círculo, voltando para o caminho que as levaria de volta a Crodya. Todas, exceto uma Irmã, que permaneceu de pé onde Sybilla a havia tocado. Sybilla hesitou por um instante antes de tocar novamente na máscara de Delphica.

— Adeus, minha Irmã — ela enfim conseguiu dizer.

Delphica não respondeu.

— Adeus, minha Irmã... — disse ela pela terceira vez.

Delphica permaneceu em seu lugar. Contrariando a cerimônia, Sybilla lhe deu um abraço caloroso e derradeiro e murmurou:

— Vá agora! Você não será esquecida.

Delphica a abraçou, o mais apertado que pôde, antes de correr, soluçando, para alcançar o resto das Irmãs.

◆

CAPÍTULO 41

A CAÇADA

O Capitão da Guarda Vermelha reuniu todos os jovens nobres diante dos portões da cidade. O ar matutino estava fresco, e os cadetes tentavam se movimentar para se manterem aquecidos sem serem notados.

O Capitão olhou para eles e pensou: "Outra temporada e outro grupo de nobres novatos prestes a assumir o território". Ele havia visto vários destes ashis desistirem com muita facilidade. Eles eram a elite de Samaris, é claro, a casta nobre do Reino Vermelho, mas certamente não eram soldados, não como ele. O Capitão era um membro da casta sayi e fora treinado para a batalha desde seu nascimento. Além disso, estava ciente de que este seria seu comando mais difícil até agora, pois o filho do rei estava entre aquele grupo. O Capitão seria forçado a usar tato e diplomacia, algo para o qual ele mesmo se sentia pouco preparado.

De fato, o objeto de preocupação do Capitão, o filho do rei, Chtomio, também estava observando seu comandante sob os olhos mascarados, mesmo quando tremia por conta do frio trazido pelas rajadas de vento. O Capitão era alto e forte. Ele incutia tanto medo quanto respeito em suas tropas, e isso antes de eles olharem para sua máscara cinzenta em forma de caveira. A armadura prateada e o manto vermelho-sangue faziam o resto.

O Capitão gritou algo que Chtomio não entendeu, pois as ondas do mar batendo contra as muralhas da cidade bloqueavam todos os outros sons. A única voz que Chtomio ouviu com clareza foi o sussurro de seu amigo, Keiran, que continuou a fazer troças às custas do Capitão. Logo, Chtomio descobriu que era quase impossível não rir em voz alta.

O Capitão percebeu os dois e dirigiu-se a Chtomio.

— Estou alegrando seu dia precioso, Vossa Alteza? — perguntou ao ouvido de Chtomio.

Ele percebeu o tom sarcástico quando o Capitão disse “Vossa Alteza”.

— Não, Capitão, jamais! — respondeu Chtomio mais do que depressa.

Isso pareceu satisfazer o Capitão. Ele sinalizou para que sua tropa se reunisse ao seu redor.

— Muito bem, nobres ashis, chegou a hora de vocês provarem seu valor — disse.

O Capitão dirigiu a todos um olhar severo, longo e desconfortável que deixou os jovens guerreiros nervosos.

— Hoje será um longo dia — entonou ele. — E vamos começar com… a marca. Todos vocês foram marcados ao nascer por sua nobre descendência. A marca de hoje fortalecerá sua devoção a Adio, à Adia e ao Reino Vermelho.

— Por que precisamos realizar este rito na praia? — murmurou um dos cadetes. — Eu me sinto como um reles janis.

— Porque nossas nobres famílias não apreciam o cheiro de carne queimada em suas narinas — replicou Chtomio.

— Chtomio! — berrou o Capitão. — Você será o primeiro. É justo que o herdeiro do trono sirva de exemplo.

Chtomio não perdeu o tom debochado após a ordem de seu comandante; também ouviu alguém soltar um risinho atrás dele. Não precisava se virar para reconhecer Oris, um companheiro cadete traiçoeiro que ele jogaria de bom grado no mar.

Chtomio obedeceu ao Capitão e caminhou até o ferreiro, que havia sido nomeado pela Corte Real e portava uma pesada máscara de ferro que escondia suas expressões. Ainda assim, Chtomio não deixou de perceber o quão avidamente ele pegou um ferrete quente e vermelho de sua forja portátil.

— Por favor, tire seu manto, Vossa Alteza — disse, com condescendência.

Chtomio retirou o manto jogando-o ao chão e expondo seu peitoral. Dois guerreiros Parabatai seguraram Chtomio, enquanto um terceiro colocou uma mordaça de couro em sua boca para que ele mordesse, prevendo a dor que sentiria.

O ferreiro continuou a olhar para seu ferreta abrasador, moldado em um "A" de "ashi", a nobre casta à qual Chtomio pertencia. Este "A" ficaria marcado indelevelmente em seu corpo até o fim de seus dias.

O ferreiro, com agilidade, pressionou o instrumento, fazendo a marca no ombro esquerdo de Chtomio. O cheiro acre de sua própria carne o afligiu. Então, a dor se instaurou. Era como se um vulcão explodisse dentro de seu braço e liberasse lava derretida por todo seu corpo. Ele soltou um grito abafado e quase desmaiou. Os dois guerreiros que o seguravam o soltaram e jogaram água gelada sobre seus ombros. Então eles recuaram. Chtomio ajoelhou-se, contorcendo-se em agonia. "Controle-se, você é o filho do rei", pensou. Ele se levantou lentamente, pegou seu manto e voltou para onde seus companheiros estavam. "Quando eu for rei, acabarei com este costume bárbaro para os jovens ashis", tomou nota para si mesmo.

— As cromos suportam a dor da marca melhor do que você, Chtomio, você é fraco! — bufou o Capitão.

É claro que todos sabiam muito bem que as ashis tinham suas marcas pintadas com uma tinta de polvo permanente, em vez de terem o símbolo de sua casta marcado a ferro.

"Sua esposa não teve a mesma opinião ontem à noite, Capitão", Chtomio desejou responder. Em vez disso, permaneceu calado, embora seus olhos brilhassem de raiva como chamas queimando juntas. Por falar em ardor, sua carne ainda borbulhava, e sentia-se como um javali cozido além do ponto. Ele aproximou-se de Keiran e sussurrou:

— Como ficou? Não consigo ver.

Keiran estava prestes a falar quando o Capitão chamou seu nome. Ele caminhou lentamente em direção ao ferreiro e depois olhou para o Capitão. Keiran era alto, o mais alto dos cadetes, mas seu corpo era esguio e anormal, magro demais para sua altura, e seu cabelo longo e loiro o destacava dos outros cromos Vermelhos de uma forma lamentável. Chtomio, entretanto, gostava que Keiran não fosse como todos os outros em aparência ou temperamento. Por isso, eles eram amigos. Ambos eram excêntricos em um reino que adorava a conformidade como um traço valorizado em sua antiga aristocracia.

Os dois jovens cromos passavam grande parte do tempo juntos, discutindo como as leis rígidas que regulavam seu reino poderiam ser mudadas. Eles lamentavam as tantas injustiças que eram perpetradas pelos nobres. Tanto Chtomio quanto Keiran tinham visto até onde os que estavam no poder iriam para impor seus limites bárbaros e estavam fartos disso.

Os guerreiros Parabatai prepararam-se para conter Keiran, mas o cadete alto os afastou com um gesto teatral.

— Não preciso de vocês — disse confiante — nem meus dentes precisam de algo para morder, pois não sou um cavalo. Vamos logo com isso.

Ele retirou seu manto, expondo o ombro.

— Como quiser, nobre ashi — bufou o ferreiro em um tom sádico.

Ele virou-se e agarrou o ferrete com o mesmo vigor que havia reservado para Chtomio e rapidamente marcou o ombro de Keiran. O jovem cromo não se mexeu nem emitiu som algum. Depois de ser marcado, afastou-se do ferreiro e voltou a se unir ao grupo, sem precisar de cuidados.

Chtomio bateu com o punho no peito como sinal de respeito por seu amigo. Esta ação foi imediatamente repetida pelos outros cadetes. "Keiran é assim", pensou ele. Seus atos sempre falavam mais alto do que suas palavras.

— Você demonstrou coragem, Keiran — assentiu o Capitão. — Mas guarde um pouco dela para esta noite, pois vai precisar.

Ele olhou para os outros cadetes e repetiu:

— Todos vocês vão precisar.

Então o Capitão voltou sua atenção para o ferreiro, claramente apreciando o contínuo rito de marcação de cada ashi.

— Keiran, você sempre me surpreende — sussurrou Chtomio.

— Você já deveria me conhecer melhor do que isso, Vossa Alteza — respondeu Keiran, sorrindo.

Ele também baixou a voz:

— Tomei um remédio contra a dor.

Os olhos de Chtomio se arregalaram atrás de sua máscara.

— E de quem conseguiu isso?

— Não posso dizer — respondeu Keiran.

— Maldito. Por que não me deu um pouco? — disse Chtomio.

— Eu não sabia se iria funcionar! — afirmou, rindo.

— Keiran! — vociferou o Capitão. — Você provou seu valor, mas lembre-se: não é apenas com a marcação que eu julgo se você se tornará um grande guerreiro ou um Ministro Vermelho chorão.

— Quem disse que eu quero ser um ou outro? — refutou Keiran.

— Apoiado — disse Chtomio.

Quando a marcação dos cadetes foi concluída, eles marcharam de volta em direção aos portões de Samaris, onde seu caminho foi barrado pelos guerreiros Parabatai.

— Eu disse que tínhamos terminado? — gritou o Capitão, atrás deles. — Os Parabatai mostrarão agora alguns truques que podem salvar suas peles miseráveis em batalha.

Chtomio observou atentamente os amantes-guerreiros dedicados e depois dirigiu-se ao amigo.

— Ouviu isso, Keiran? Estes amantes vão nos ensinar alguns truques novos! Mas não vejo nenhuma ashi com quem praticá-los — disse rindo.

— Estes são nossos melhores soldados, Chtomio, você deveria ter mais respeito por eles — respondeu Keiran com firmeza. — E o fato de serem amantes que lutam uns pelos outros os torna ainda mais nobres aos meus olhos.

— Ah, me poupe, por favor — disse Chtomio. — Todo o conceito é uma tolice. Se estivesse em perigo, eu só pensaria em me salvar. É apenas a natureza das coisas. Agora, se, por outro lado, estamos falando de me unir a uma guerreira, bem, eu me certificaria de pensar nas necessidades dela…

Antes que Chtomio pudesse terminar, uma Parabatai o surpreendeu, amarrando-o com uma corda.

— Você está louca? — protestou. — Capitão! Diga a ela para me soltar imediatamente!

— Cale a boca, tolo. É para o seu próprio bem — retrucou o Capitão.

— Do que você está falando?

Mas o Capitão já tinha se virado para encarar os outros cadetes.

— A Parabatai ensinará como se libertar caso sejam levados como prisioneiros. Turan!

A guerreira Parabatai aproximou-se do Capitão e ajoelhou-se. Outros Parabatai a amarraram, assim como ela havia feito com Chtomio.

— Agora observem — ordenou o Capitão.

Turan inspirou e expirou, praticamente retraindo seu tórax com a respiração. Chtomio observou, hipnotizado, enquanto as cordas se soltavam ao redor de seu corpo a cada contração. Em pouco tempo, ela conseguiu se livrar delas como se fossem uma pilha de cobras mortas.

— Como, em nome de Adio, ela fez isso? — perguntou o Príncipe.

Ele tentou imitá-la, mas sem sucesso.

— O segredo é usar sua respiração com sabedoria. Fique quieto. Não se esforce. Deixe o fôlego que você toma fazer o trabalho — explicou o Capitão.

Turan desamarrou Chtomio. Ela então lhe mostrou como, primeiro, tensionava os músculos antes de ser amarrada e, depois, como ela os relaxava. Embora fosse bem forte, seu charme feminino ainda era sua característica mais marcante.

— Você nunca fala, Turan? — perguntou Chtomio.

Ela balançou a cabeça negativamente. Chtomio sabia bem que todos os guerreiros Parabatai tinham jurado silêncio.

— Posso perguntar quem é seu amante?

Turan apontou para um guerreiro em boa forma que demonstrava aos outros cadetes truques similares para se livrar das cordas.

— Turan — sussurrou Chtomio, com cuidado para não ser ouvido pelo Capitão — posso lhe perguntar outra coisa?

Ela assentiu com a cabeça.

— Você realmente morreria por ele, por seu... companheiro?

Ela olhou para o amante, assentiu mais uma vez com convicção e, então, apontou o dedo para Chtomio.

— O quê? Eu? Não entendo...

A guerreira balançou a cabeça e apontou para ele, mais uma vez. Ela indicou, ao levantar um dedo, que ele, Chtomio, era sua prioridade. Depois disso, ela apontou para seu homólogo masculino e levantou dois dedos. Chtomio surpreendeu-se.

— Você está dizendo que morreria por mim primeiro e depois por seu...?

Turan curvou-se diante dele, assentindo.

— Se chegar a isso, Turan, se o destino nos colocar nessa situação, não quero que você morra por mim, entendeu?

Turan balançou a cabeça.

— Ouça, estou falando sério agora — acrescentou Chtomio —, nunca lhe perdoaria se colocasse sua vida à frente da minha.

Turan o olhou diretamente nos olhos, do fundo de sua máscara. Ela sacudiu a cabeça devagar outra vez e saiu, retornando para perto do seu companheiro. Chtomio sentiu-se punido pela devoção dela. Ele nunca mais seria tão arrogante ao julgar os Parabatai.

Naquela noite, os nobres cadetes foram ordenados a convergir mais uma vez para fora dos portões da cidade.

O Capitão ficou na entrada do túnel que levava à cidade Vermelha murada de Samaris. Ele caminhou em direção à sua tropa, seguido por vários outros guardiões dos portões. Estes cromos carregavam muitas espadas.

— Não é um pouco tarde para brincar, Capitão? — provocou Keiran, enquanto os outros ashis riam.

O Capitão esperou que as gargalhadas cessassem e disse:

— Nobres ashis, esta noite haverá uma caçada especial reservada a vocês.

— Pensei que a temporada dos javalis tinha terminado — comentou Oris.

— Vocês não caçarão animais — explicou o Capitão. — Esta noite vocês caçarão... janis.

Mais do que depressa, um burburinho de confusão emanou do grupo de cadetes.

— Matar um companheiro Vermelho? Você ficou louco? — protestou Chtomio.

— Cuidado com a língua, cadete! — vociferou o Capitão. — Os janis não são como os outros cromos Vermelhos. Sua casta tem sido rejeitada, mesmo pelos deuses. Todos vocês sabem disso.

— Você enlouqueceu! — refutou Chtomio. — Vou contar isto a meu pai!

— Seu pai, Sua Alteza Real, o Rei, foi quem idealizou esta caçada — respondeu com firmeza o Capitão.

— Mas o que eles nos fizeram? Como, em nome de Adio, poderíamos sequer pensar em fazer tal coisa? — continuou Chtomio, incrédulo.

Ele olhou em volta para seus companheiros, mas os murmúrios deles cessaram. O fato de que era uma ordem direta do Rei fez todos se calarem. Todos, exceto um.

— Concordo com Chtomio — disse Keiran. — Não vou fazer isso.

— Estas são ordens do seu Rei! Os janis se reproduzem como ratos. De tempos em tempos, precisamos reduzir o número deles para evitar uma revolta — afirmou o Capitão, com uma crescente impaciência.

— Vocês pegarão uma espada e cada um trará um janis morto aqui antes do nascer do sol.

— E se nos recusarmos? — perguntou Chtomio.

— O Rei em pessoa os punirá com a morte. Até mesmo você, meu Príncipe.

— E se eles revidarem? — indagou outra voz na escuridão.

— É para isso que servem estas espadas — respondeu o Capitão

Depois de mais cochichos e murmúrios, lentamente, um a um, cada ashi pegou uma espada dos guardas.

— Ainda restam duas espadas — rosnou o Capitão.

Chtomio inquietou-se como se quisesse desafiá-lo. Keiran, que estava ao seu lado, o segurou furtivamente pondo a mão em seu braço.

— Fique calmo, Chtomio. Vamos pegar as espadas — sussurrou Keiran —, tenho um plano. Não derramaremos uma gota de sangue, prometo.

Chtomio olhou para Keiran através das fendas de sua máscara. Keiran assentiu com a cabeça como se dissesse "Confie em mim". Chtomio, convencido por seu amigo, decidiu obedecer.

— Muito bem, Capitão, como quiser... — disse ele, colocando uma espada em sua bainha. — Mas não vou usá-la — sussurrou a Keiran.

Chtomio ainda estava descrente. Não é que usar uma espada fosse algo que um cadete não estava autorizado a fazer. Ao contrário, suas bainhas vazias eram mais simbólicas. Isto porque uma arma deveria ser merecida com orgulho após usá-la em uma batalha, mas aquilo não era uma batalha. Era uma atrocidade.

Keiran respondeu com tranquilidade:

— Não vamos usá-las.

Quando a última das fogueiras foi apagada, os cadetes ashis partiram em busca dos janis. Eles dirigiram-se para as pobres aldeias de palha e lama espalhadas pela costa, não muito longe das muralhas da cidade. Muitos tinham bebido "o néctar dos guerreiros" para dar-lhes a força, ou melhor, a coragem, de matar cromos inocentes. Era um hidromel forte, para garantir que o sangue de soldado fluísse.

— Vamos, é nossa hora de ir andando também — disse Keiran a seu amigo.

— Não vou atrás dos janis, Keiran, e se você quiser que continuemos amigos você fará o mesmo — respondeu Chtomio.

— Quem disse algo sobre janis? Eles estão no lado norte de Samaris. Nós vamos para o Sul.

— O que exatamente você tem em mente? — questionou Chtomio.

— Qual é a coisa mais preciosa que você tem? — perguntou Keiran e, sem esperar por uma resposta, continuou: — Eu lhe direi qual é a minha. É a liberdade. Liberdade para fazer o que eu quiser. Liberdade para vagar pelos territórios. Dormir onde e quando eu quiser. Para ser amigo de quem eu escolher ser...

— Sua liberdade tem um preço — ponderou Chtomio, balançando a cabeça.

— Ficar em Samaris tem um preço maior — refutou Keiran. — Um preço que é muito alto para pagar. Ou você acha que matar um janis é algo que vale a pena fazer?

— O que você está dizendo? — indagou Chtomio.

— Estou dizendo que isto com os janis é a gota d'água. Não farei mais parte deste reino doentio.

Chtomio tinha aprendido a levar seu amigo a sério, e aquele momento não foi uma exceção.

— Então, este é seu plano? Virar as costas à sua nação?

— Não fui eu que lhe virei as costas, mas sim o Reino Vermelho — retrucou.

Chtomio refletiu sobre isso.

— Como Príncipe, tenho mais a perder — disse, pensativo. — Para onde você iria?

— Já disse a você. Eu... *Nós*... vamos para o Sul — afirmou ele.

— Sul... — repetiu Chtomio. — Você tem alguma ideia de como são os outros territórios?

— Não. Você tem?

Keiran inclinou a cabeça para o lado, esperando por uma resposta.

— É claro que sim! — retrucou Chtomio. — Os Cromos Violeta vivem ao Sul. Eles são completamente loucos. Vivem como insetos, com casas como casulos presos a cordas. Ao Norte, meu pai disse que as Cromos Laranja não permitem que cromos homens vivam com elas, e os Amarelos não admitem cromos mulheres. Os Cromos Verdes são ladrões que vivem como animais selvagens, e os Azuis não aceitam forasteiros, mesmo aqueles com quem negociam. Por fim, há os Cromos Pretos, que têm sido nossos inimigos desde o início dos tempos. Só existem bárbaros fora de Samaris, Keiran.

— Não, Chtomio, nós, os Cromos Vermelhos, somos os bárbaros. Somos nós que estamos prestes a matar nossos semelhantes, não eles.

— Não posso permitir que vá — disse Chtomio. — Preciso de você aqui comigo. Quando chegar minha hora de governar, você será meu ministro de confiança. Juntos, vamos mudar as coisas, Keiran. Eu prometo!

— Algumas coisas nunca mudam, Chtomio. Você sabe disso e eu também. Não vou voltar.

— Muito bem — afirmou Chtomio com raiva. — Vá embora então! Se fugir é seu modo de encarar vida, que assim seja. Mas eu não deixarei meu reino.

Ele bateu no peito.

— Não deixarei minha cidade. Voltarei e mudarei o que precisa ser mudado. Hoje à noite, avisarei os janis. Então, enfrentarei as consequências, como um verdadeiro ashi.

— Falou como um Rei...

Keiran aproximou-se, apertou o braço de Chtomio e acrescentou:

— Mas não meu Rei. Adeus, meu amigo. Sentirei sua falta.

Chtomio estava sem palavras. Então, enfim conseguiu dizer:

— Você realmente vai fazer isso, não vai?

Keiran assentiu. Chtomio também. Ele conhecia o amigo muito bem para tentar convencê-lo a mudar de ideia. Assim, as únicas palavras que conseguiu dizer foram:

— Adeus, Keiran.

◆

CAPÍTULO 42

UM JURAMENTO

Sybilla fez a última etapa de sua viagem sozinha, decidindo cuidadosamente seu caminho até o fundo do desfiladeiro, como era esperado dela. Embora a noite tivesse caído, não estava com medo, emoção essa que aprendeu a dominar desde cedo em Crodya. As Cromos Laranja não tinham medo de ninguém e com certeza eram as melhores arqueiras dos territórios, ainda melhor do que os Cromos Amarelos. Enquanto caminhava, acariciava o fundo de camurça macia da aljava, na qual estavam seu arco e flechas.

O ar estava fresco, e a chama de sua tocha tremulava e crepitava na escuridão.

Embora a Vidente anterior tivesse sido enterrada em Crodya muitas noites antes, Sybilla ainda sentia sua presença em meio aos rochedos silenciosos.

Sybilla só a vira, quando viva, uma vez. Ela viera para a cidade Laranja devido ao enterro da antiga Nara, a Irmã-guia. Ela já era velha na época, enquanto Sybilla tinha vivido apenas sete solstícios. A Vidente carregava um longo bastão de madeira e usava vários colares de joias pesadas pendurados ao redor do pescoço. Mais pedras preciosas decoravam suas roupas. Elas pareciam tão pesadas que a jovem Sybilla presumiu que eram a razão de suas costas curvadas.

Quando a velha Vidente entrou no palácio em forma de cúpula de cobre de Crodya e retirou a máscara, seu rosto fez Sybilla lembrar-se de um tronco de madeira envelhecido, riscado, lustroso e desgastado após décadas de uma vida passada sob o sol forte, vagando pelas areias do deserto.

— Irmãs de Crodya! — trovejou a Vidente, apesar de sua aparência frágil — Vim aqui especialmente para fazer uma homenagem final a uma amiga dedicada e para oferecer a vocês palavras de esperança e boa vontade! Como as rochas Laranja que rolam sobre a terra, estamos em constante movimento, impelidas pela vontade dos deuses!

— O que ela quer dizer? — sussurrou Sybilla para uma Irmã mais velha, chamada Aula.

— Shiu! — sibilaram as outras.

— As Cromos Laranja aspiram se unir ao sol, mas muita luz pode queimá-las, enquanto pouca luz pode enfraquecê-las!

Sybilla puxou a manga de sua Irmã companheira mais uma vez:

— Não entendi! Do que ela está falando?

— Você vai aprender a apreciar essas palavras de sabedoria à medida que amadurecer, agora fique quieta! — disse Aula.

Porém, enquanto Sybilla crescia, ela não valorizava tais pérolas de sabedoria. Em vez disso, começou a pensar que quanto mais as frases da Vidente fossem vagas e inúteis, mais as Irmãs pareciam admirar a feiticeira que as enunciava. E assim começou seu grande engano. Sybilla divertiu-se falando a todas da mesma maneira críptica que a Vidente, por meio de enigmas, provérbios e ditados. Dessa forma, ela sentia que as outras Irmãs a respeitariam, independentemente de sua idade.

— Quer brincar com a gente, Sybilla? — perguntavam suas amigas, ao que ela respondia:

— A vida é só um jogo, mas um jogo que precisa ser jogado.

Uma Irmã mais velha dizia:

— Vá ordenhar as vacas, Sybilla.

E ela respondia:

— Vejo na brancura do leite delas a pureza da minha própria consciência.

No início, todas as Irmãs pensaram que ela enlouquecera, mas, ao completar 13 solstícios, Sybilla tornou-se tão boa em tais frases enigmáticas que ninguém mais se atrevia a zombar dela. O que começou como um jogo tinha evoluído para algo muito maior. Tanto era assim que não ousou revelar a ninguém que era uma mentira gigantesca. O que aconteceria com ela se as outras Irmãs algum dia descobrissem isso? Elas certamente a castigariam, talvez até mesmo a exilariam de Crodya para sempre.

Então, quando seu 14º solstício chegou, uma série de eventos ocorreu ao mesmo tempo em um momento de grande serendipidade, livrando-a do tormento de seu conflito secreto: ela prometeu a si mesma que se tornaria a próxima Vidente!

Foi durante este ano auspicioso que, com as outras cromos de sua idade, Sybilla foi chamada à Sala de Partos, onde as Irmãs grávidas davam à luz seus bebês. O local estava limpo e iluminado, e elas eram bem-atendidas por Irmãs treinadas como parteiras. As cromos Laranja grávidas recebiam frutos doces que aliviavam as dores. E outras Irmãs mantinham preparado um conjunto de roupas de cama limpas e aquecidas.

Ao entrar na sala, a primeira coisa que Sybilla ouviu foi um grito estranho.

— Ah, ótimo, chegamos bem a tempo — disse a Irmã que as acompanhou. —Uma das Irmãs está dando à luz. Venha, você verá com seus próprios olhos a beleza de uma nova vida chegando em nosso território.

E Sybilla realmente viu… Mas apesar de todas as precauções tomadas, ela ainda achava que era um espetáculo horrível, o sangue, a dor, os gritos. Ela ficou chocada. Enquanto as Irmãs conversavam entre si como se nada fora do comum estivesse acontecendo, tomou outra decisão importante: nunca seria louca o suficiente para deixar que um cromo Amarelo se aproximasse dela ou mesmo que lhe olhasse de esguelha. Mas como poderia ter certeza de que ninguém a obrigaria a fazer a Pygma? Novamente, havia apenas uma solução: tornar-se a próxima Vidente.

Era como se tudo que havia constituído o enigma de seu futuro se encaixasse. "Claro! Foram as deusas que sempre desejaram isto para mim! Não era *minha* vontade, era a vontade *delas*!", ela pensou.

Quando seu 16º solstício chegou, ninguém tinha dúvidas de que ela de fato se tornaria a Vidente. Na verdade, as Irmãs mais velhas começaram a visitá-la em segredo, à noite, para pedir um vislumbre do futuro delas. E Sybilla não as decepcionava.

— Thaurinaaa — entoava ela, em uma misteriosa voz cantada —, algo amarelo vem a seu encontro.

— Ah! Seria um Irmão Amarelo? Diga que é um Irmão!

— Não é um cromo Amarelo, mas uma lua amarela. Esteja preparada para se entregar à Lua, Thaurina, e talvez um cromo Amarelo também venha.

Ou:

— Peduuuuulllay, a riqueza abunda a partir de um buraco no chão.

Era uma previsão para encontrar tesouros enterrados ou um aviso para trabalhar mais no jardim? Convenientemente, ninguém poderia dizer.

— Obrigada, Sybilla, obrigada!

As Irmãs aproximavam-se de forma efusiva ao final de cada prognóstico, beijando sua mão. Mesmo as que antes intimidavam Sybilla, por serem mais velhas, ou que a tratavam com indiferença, curvaram-se diante dela com respeito! A jovem sorria ao pensar nisso. No fim das contas, ela não estava magoando ninguém com suas palavras e se podia fazer com que suas companheiras Irmãs se sentissem melhor, por que não fazer isso?

Em pouco tempo, Sybilla se convenceu totalmente de que se alguém precisava distribuir pequenas mentiras inofensivas, ela era a Irmã perfeita para fazer isso, pois prometeu a si mesma que nunca tiraria vantagem de nenhuma delas. Outra Irmã seria tão abnegada e atenciosa? "Não, elas não seriam", pensava com presunção.

Finalmente, após sua longa viagem às profundezas do abismo, Sybilla chegou a uma enorme parede de arenito. Uma fachada imponente, retratando o destino divino da Vidente, foi esculpida sobre ela. Ela também descobriu que aquela rocha era a entrada para o antigo Templo. Dizia-se que as próprias deusas Laranja tinham esculpido a fachada na rocha para que as Irmãs mortais as adorassem. Quatro pilares sustentavam a entrada. Em cima deles, as estátuas das três principais deusas Laranja foram esculpidas diretamente na rocha: Ramtha, a deusa da luz, Uni, a deusa do conhecimento, e Thana, a deusa da beleza. Acima dessas três estátuas, o penhasco subia verticalmente, mas ela não podia ver o topo na escuridão.

Sybilla voltou seu olhar para a entrada e caminhou até os pilares, mas hesitou antes de continuar. Uma brisa fria acariciou seus ombros e ela sentiu um calafrio percorrer o corpo.

— Este é meu destino — lembrou-se.

Ela ergueu a cabeça e caminhou para dentro.

Havia muitas tochas nas paredes. Ela tirou uma pederneira do bolso e acendeu todas. Na suave luz das chamas, descobriu que o interior do Templo não era nada como o exterior. As paredes foram decoradas com placas de cobre e havia também pedras preciosas facetadas que banhavam o local com uma aura mágica e colorida com a ajuda da luz das tochas.

"*Incrível!*", ela pensou.

Sybilla colocou o manto e a aljava em um canto e depois, exausta, sentou-se, encostando-se na parede. Ela tirou sua pesada máscara de espessartita e exclamou em voz alta:

— Finalmente a liberdade!

CAPÍTULO 43

PARA O NORTE

Após se separar de Keiran, Chtomio rapidamente retornou aos portões de Samaris. Os guardiões tinham acendido uma fogueira, e ele viu que um dos outros cadetes já regressara com um prêmio macabro.

O cadáver de um cromo jazia no chão perto do fogo. O jovem cadete estava celebrando e cantando sobre ele com sua espada ainda coberta com o sangue da vítima.

— Oris! — disse o Capitão ao cadete. — Você é o primeiro a fazer o juramento de sangue por sua cidade! Parabéns!

Ao se aproximar deles, Chtomio viu que a vítima tinha os ossos sobressalentes de tão magra. Ele reconheceu a máscara feita de palha típica de um janis. "Um cromo idoso desnutrido assassinado por diversão", pensou Chtomio. *"É isto que nosso Rei deseja? É o que meu pai deseja?"* Então, ao aproximar-se do cadete e do Capitão, ele declarou:

— As marcas em nossos ombros não deviam ser o símbolo dos ashis, mas a marca dos assassinos.

O Capitão olhou para ele e respondeu com amargura:

— Eu esperava que o herdeiro ao trono desse o exemplo aos outros cadetes, mas em vez disso vejo que voltou de mãos vazias. Seu pai não ficará satisfeito.

— Ele está com muito medo para fazer isso! — bradou Oris, com um orgulho mal disfarçado. — Chtomio não tem coragem para matar o inimigo, como eu!

— Você está certo, Oris — afirmou Chtomio, caminhando até ele, enquanto arrastava sua espada pelo chão.

Ela fez um barulho inquietante.

— Não tenho coragem para matar um inocente, mas sou corajoso o suficiente para matar um ashi!

Oris ficou em alerta.

— Você não se atreveria!

— Basta, Chtomio! — gritou o Capitão. — A noite ainda é uma criança. Você tem todo o tempo que precisa para encontrar um janis e trazer seu corpo aqui.

— Um idoso — murmurou Chtomio, olhando para o cadáver na frente deles. — Isso é uma barbaridade.

De repente, as palavras de Keiran assumiram um novo significado. A tentação de fugir e seguir seu amigo para o território Violeta era forte. "Mas não vou abandonar meus súditos nas mãos destes tolos!", disse a si mesmo.

— O que está esperando? — vociferou o Capitão. — Os janis já estarão todos escondidos e caçá-los será mais difícil!

Chtomio o encarou e depois a Oris. Ele queria matar os dois e ergueu sua espada. Mas o Capitão tomou isso como um sinal de ascensão.

— Muito bem! Agora vá! — disse ele.

Chtomio os deixou e desapareceu na escuridão. Ele correu o mais rápido que pôde. Não se importava para aonde ia, só ansiava por superar o gosto azedo em sua boca e o desgosto que inundava seu coração.

O Príncipe enfim parou perto de uma árvore, arfando. As imponentes muralhas de Samaris, iluminadas por tochas, estavam muito distantes à sua direita. Ao longe, também podia ver luzes fracas indo em direção à aldeia dos janis. Logo, haveria gritos, ele estava certo disso. Pela primeira vez na vida, sentiu vergonha, vergonha de ser o herdeiro do trono, vergonha de ser um ashi, vergonha de ser um cromo Vermelho. Ele queria chorar, mas não conseguia; a raiva era mais forte do que as lágrimas.

Ele olhou para o céu negro. Até mesmo a lua se escondera para evitar testemunhar os horrores prestes a serem cometidos. De repente, ouviu alguém correndo em sua direção. Ele estava tão imóvel que, na escuridão, o cromo deve tê-lo confundido com parte da árvore. Ele observou o cromo rastejar no chão, lentamente, como um caracol, tentando não ser visto. Mais longe, viu uma luz e percebeu que um ashi estava caçando esse janis em particular. Ele reconheceu o caçador: um ashi normalmente pacato chamado Ur.

— Aahh! — gritou o janis, atingindo os pés de Chtomio.

Instantes depois, Ur surgiu e ergueu sua lamparina bem alto, iluminando todos eles.

— Chtomio! — exclamou, surpreso.

— Ur — respondeu Chtomio, friamente.

Eles se colocaram um na frente do outro enquanto o janis continuava a soluçar. Então ela gritou:

— O que eu fiz a você? Me deixe em paz!

Somente então Chtomio percebeu que o janis era na verdade uma cromo e que ela estava grávida. Aquele pérfido Ur estava procurando uma maneira fácil de impressionar o Capitão, como seu amigo Oris.

— Chtomio, eu a vi primeiro... — disse Ur. — Ela é minha!

Não havia nada como aquela demonstração de arrogância covarde para fazer o sangue de Chtomio ferver.

— Bem, que pena. Agora ela é minha, Ur.

— Mas... Chtomio... eu a encontrei primeiro!

Foi mais um guincho do que um protesto, pois Ur tinha metade do tamanho de Chtomio, e o Príncipe Vermelho estava plenamente consciente disso.

— Você quer lutar por ela? — desafiou Chtomio, levantando a voz.

Ur, por instinto, afastou-se dele.

— Não, acho que você a encontrou primeiro.

— Sim — respondeu Chtomio —, agora vá embora!

Ur desapareceu na escuridão, fugindo com tanta pressa que deixou a lamparina pendurada em um galho. Chtomio pegou-a e a aproximou da janis. Ele viu que ela usava uma máscara de barro feia e redonda, arrancada da metade do rosto. Chtomio também percebeu que estava tão enfurecida quanto aterrorizada.

— Você! Você é um patife! De fato, a cria do seu pai maldito!

— Vamos, levante-se — disse Chtomio, estendendo-lhe a mão.

A janis afastou-se dele.

— Levante-se! — disse mais uma vez — Ou quer ficar na lama a noite toda?

— Fique longe de mim! Me deixe em paz! — respondeu a janis.

Em qualquer outra noite, Chtomio a teria deixado de bom grado ao seu destino, mas ele tinha feito um voto de ajuda. Quantos outros ashis estavam ao redor procurando um janis indefeso para matar? Ele sentiu vergonha de pertencer a uma casta tão cruel.

— Olha, você não pode ficar aqui. Não é seguro.

— Então me mate! — zombou ela.

— Não quero matar você! Não quero matar ninguém!

A janis pareceu surpresa com a confissão de Chtomio. Medindo suas palavras em um tom calmo, ele perguntou o nome dela.

— Adina, em honra à nossa amada deusa — apresentou-se. — Embora eu me pergunte por que os deuses estão descontentes com minha casta, permitindo que tal crueldade seja imposta sobre nós.

— Os deuses não têm nada a ver com isso — respondeu Chtomio. — Somente os cromos devem ser culpados por esta noite terrível.

Chtomio estendeu-lhe a mão, novamente. Desta vez, ela a pegou e se levantou.

— Posso levar você para o Norte — disse ele, surpreendendo a si mesmo. — Deixe-me levá-la aonde residem as Cromos Laranja para que possa começar uma nova vida.

Por um instante, ele não tinha certeza se estava falando para Adina ou para si mesmo. Nem mesmo tinha certeza se as Cromos Laranja a aceitariam. Ela era, afinal, uma cromo Vermelha e uma janis.

Enquanto Adina endireitava a máscara, Chtomio percebeu que ela estava em um estágio muito avançado da gravidez.

— Você, o Príncipe, me levaria para outra nação? Por que faria isso?

"Porque já estou farto deste reino!", foi o que quis dizer, mas, em vez disso, Chtomio respondeu:

— Porque você está grávida.

Ele a pegou firmemente pelo braço e disse:

— Vamos.

Entretanto, ele nunca havia lidado com uma cromo grávida antes e só então começou a perceber o que poderia significar para uma cromo carregar uma criança em seu ventre enquanto se submete ao que seria uma jornada estressante e difícil. Adina caminhava devagar, e eles precisavam parar muitas vezes. Chtomio pedia-lhe que andasse mais rápido, mas era como se estivesse disputando corrida com uma tartaruga. Levaria a noite toda e então mais tempo ainda para fugir do Reino Vermelho.

Por outro lado, a noite o ajudaria a pensar no que diria quando voltasse para confrontar seu pai em Samaris. "Você é uma vergonha para mim e para este reino", ele já podia imaginar o Rei gritando. As coisas tinham piorado entre eles desde que sua mãe, a Rainha, havia morrido. E agora sua recusa em obedecer às ordens e matar inocentes colocaria ainda mais tensão em seu relacionamento. "Talvez, ele me expulse de Samaris para sempre", pensou.

Um Príncipe exilado. Esse seria seu destino? Não! Ele ainda devia assumir o trono, para poder corrigir as coisas naquela terra conturbada, independentemente da vontade de seu pai! Que tipo de tirano poderia fazer mal a uma parte do seu próprio reino e não esperar que os outros o temessem? Certamente, seu pai tinha enlouquecido! Mas ele, Chtomio, aboliria o sistema de castas, faria os nobres trabalharem, deixaria os janis adentrarem as muralhas da cidade. Com ele, o Reino Vermelho se tornaria uma terra justa para todos os cromos de boa-fé, talvez até mesmo para aqueles de outras cores além dos Vermelhos.

— Vá mais devagar! — suplicou Adina, trazendo-o de volta dos pensamentos sobre a realeza para os pântanos desolados pelos quais estavam passando. — Não posso andar tão rápido quanto você — acrescentou com rispidez. — Não sou um soldado.

Ela ofegou e arfou por ar. Adina tentou tirar a máscara, mas hesitou, olhando para Chtomio, enquanto secava o suor de seu pescoço. Ele tentou responder em um tom gentil:

— Se formos devagar, há uma boa chance de que outros ashis como Ur nos encontrem. E se outros ashis nos encontrarem...

— Entendi — interrompeu ela. — E se eu não for morta esta noite, posso morrer outro dia, não é verdade?

— Não sei — respondeu Chtomio sinceramente. — Tudo o que sei é que se você é uma janis, é melhor ficar longe de Samaris. É por isso que não podemos parar.

— Não — respondeu Adina com delicadeza. — É por isso que *eu* não posso parar. Você pode.

— Não entendo — disse Chtomio.

— Você me salvou, por alguma razão, mas agora posso me virar sozinha. Estou acostumada a cuidar de mim mesma.

Naquele instante, um animal uivou a distância.

— Não posso largar você aqui desse jeito — disse Chtomio, resoluto. —Andaremos no seu ritmo, e quando você precisar descansar, descansaremos. Quando a manhã chegar, nós nos separaremos.

— Por que está fazendo isto? — perguntou ela.

Ele a olhou sem dizer uma palavra, enquanto tentava colocar um turbilhão de sentimentos em frases coerentes. Então, enfim, respondeu:

— Nunca ajudei ninguém em Samaris. Nunca fiz nada pelo meu reino, mesmo sendo o herdeiro do trono.

— Como quiser — disse ela friamente. —Mas não lhe pedi nada.

— Ótimo — respondeu ele com a mesma frieza.

Ele sentiu-se imediatamente arrependido de ter se aberto tanto em relação a isso com uma estranha, ainda mais com uma janis! Parte dele queria deixá-la ali, naquele instante, mas a outra parte sabia qual era a coisa certa a se fazer. Afinal, ele não ficaria com raiva se alguém tentasse matá-lo por causa de sua casta? Um frio correu-lhe pela espinha. *"Não, isto não vai continuar quando eu assumir o poder"*, disse a si mesmo.

Eles retomaram a caminhada. Viajaram juntos em silêncio, e Adina não parecia sofrer mais com a dificuldade de seguir a viagem em sua condição.

◆

CAPÍTULO 44

PERDIDO

Keiran parou, exausto. Ele correra por um longo tempo, mas agora estava cansado. Para sua surpresa, havia chegado ao rio Axi que fluía através da floresta densa do território Preto. A estação chuvosa fizera o rio encher muito mais do que o previsto. Ele inundou as margens, e a correnteza era tão forte que mesmo um exímio nadador teria achado impossível atravessá-lo.

— Maldição! — exclamou.

Precisaria, então, seguir rio acima e procurar uma ponte. A noite estava fria e escura, mas ele sentia calor e transpirava. Olhou em volta para ver se alguém o havia seguido, mas, além do barulho produzido pelas corujas de caça e pelo vento fraco, nenhum outro cromo estava à vista.

Keiran obrigou-se a desacelerar e a controlar os pensamentos. Ele estava seguro, e ninguém percebera que havia desaparecido. Seus companheiros cadetes ainda estavam ocupados com sua tarefa obscura ou bebendo muito para esquecer o que haviam feito. Keiran balançou a cabeça com repugnância. Ele não podia acreditar que os cromos que conhecera durante a vida toda estavam dispostos a cometer tais atrocidades sem questionar.

Ao sentir-se recuperado, retomou a caminhada. Ele pensou sobre a discussão que tivera com Chtomio mais cedo naquela noite. No fundo do seu coração, ainda esperava que o amigo mudasse de ideia e se juntasse a ele em sua nova vida, mas sabia que isso não aconteceria. Sentiu-se irritado consigo por não ser persuasivo o suficiente, mas também irritado com Chtomio por não ser ousado o bastante para deixar Samaris. De certa forma, ele o compreendeu e não invejou o fardo de seu amigo de governar um reino tão sombrio.

Keiran caminhou até os primeiros raios do amanhecer tocarem o céu. Ele não conseguiu encontrar nenhuma ponte e ficou consternado ao perceber que o rio se alargava ao longo de sua margem.

— Nunca vou conseguir sair deste reino abandonado pelos deuses — murmurou a si mesmo. — Eu deveria ter ido para o Norte!

Exausto, sentou-se na grama. No mesmo instante, ouviu um som estranho, gritante. O instinto de sobrevivência o fez ficar de pé, e ele desembainhou a espada.

Do outro lado do rio, veio um barulho estrondoso. Amplificado pela água corrente, não conseguia localizar a origem. Ele não tinha ideia se o ruído ainda estava no Reino Vermelho ou se adentrara na terra dos Cromos Pretos. Nenhuma das perspectivas o atraía.

Ele ouviu outro grito, desta vez mais perto do rio. A neblina matinal ergueu-se, e Keiran percebeu um grupo de pequenas casas excêntricas, se locomovendo sobre rodas, puxadas por... bois! "Então foi daí que veio o som", pensou. Ele viu a caravana seguir em direção à água. Várias carruagens tinham bandeiras roxas penduradas.

— Cromos Violeta! — constatou. — Devo estar no território Violeta!

As casas Violeta seguiram até uma parada na ribanceira oposta. Keiran tinha certeza de que eles não o haviam visto, pois ainda estava deitado no chão.

Parte dele queria se afastar, mas outra parte queria ficar para observar cromos tão diferentes dele. Quando Keiran era mais jovem, seu tutor disse que os cromos Violeta eram os melhores curandeiros dos territórios, seu conhecimento de ervas e plantas era insuperável, e isso os fazia parecer quase mágicos para ele. A curiosidade venceu. Ele precisava se aproximar mais deles! Porém, para isso, era necessário atravessar aquele maldito rio.

Ou... espere! As casas móveis Violeta estavam se movendo outra vez! Elas estavam indo direto para a água.

— É muito fundo! Eles não percebem isso? — disse a si mesmo. — Assim vão se afogar e destruir suas casas sobre rodas.

Ele começou a acenar e a gritar:

— Parem! Não façam isso!

Contudo, os cromos Violeta não conseguiam ouvi-lo. Além disso, já estavam conduzindo sua primeira carruagem para a água. Eles tinham cortado várias árvores para formar uma espécie de ponte que atravessasse o rio. Em seguida, entraram e incitaram seus bois a puxar as carruagens para o outro lado em cima daquele mecanismo precário e improvisado. Os animais mugiram em protesto enquanto os troncos das árvores se afundavam na água. Um cromo Violeta, sentado em um assento de condutor, enfim percebeu Keiran e acenou para ele.

Quando a carruagem chegou ao seu lado na ribanceira, Keiran não hesitou em ajudar os cromos Violeta a colocá-la no chão. De perto, as casas móveis eram maiores do que ele pensava, então tal ação exigiu um grande esforço.

— Obrigado, cromo Vermelho, sou muito grato a você. A primeira casa sobre rodas é sempre a mais difícil — disse o recém-chegado.

Ele tinha a idade e a altura de Keiran, embora tivesse ombros mais largos. O rapaz estendeu a mão.

— Meu nome é Thalassino.

— Eu sou Keiran.

— Bom, Keiran, só mais três carruagens e então teremos terminado! Se quiser nos ajudar, certamente o agradeceríamos e podemos retribuir com o café da manhã — afirmou o cromo Violeta alegremente — Apesar disso, não hesite em dizer "não", se quiser. Não quero interromper sua viagem.

A voz de Thalassino era tão calorosa quanto o sol nascente. Keiran gostou dele de imediato.

— Hã... Eu... ia... Minha viagem pode esperar. Terei prazer em ajudar.

Eles se olharam fixamente por um instante, cada um tentando vislumbrar o outro atrás de suas respectivas máscaras. Thalassino baixou o olhar.

No meio tempo, chegou outra carruagem.

— Thalassino! Chega de conversa e venha nos ajudar! — berraram os cromos Violeta.

Três cromos Violeta, junto com Keiran, conduziram a próxima casa sobre rodas, com segurança, para a margem. Era a maior da caravana e Thalassino, como se estivesse envergonhado, justificou-se a Keiran:

— Precisam de mim dentro desta carruagem, mas logo estarei de volta!

Os outros cromos Violeta também vieram agradecer Keiran.

— Sou Yit e este é Egure — disse o mais velho dos dois. — Esta grande carruagem pertence ao nosso Monarca, e Thalassino é seu assistente — acrescentou Yit, o que explicava a partida repentina de Thalassino.

Keiran ajudou seus novos conhecidos a puxar uma terceira carruagem, que continha duas cromos Violeta. Esta estava cheia de ervas e flores colhidas de todos os cantos dos territórios, que as duas haviam secado habilmente. Ele inalou o intenso aroma picante que saía da porta aberta, intrigado.

— Keiran! — saudou Thalassino da carruagem real — Venha até aqui! Nosso Monarca gostaria de lhe agradecer...

— Hum... claro!

Keiran ajustou a máscara e o manto antes de subir os degraus que levavam para dentro da carruagem. Era a primeira vez que encontraria o líder de outro território e de repente sentiu-se tímido e desajeitado.

Quando entrou na casa sobre rodas, Keiran estava certo de ter pisado em um mundo diferente. O Monarca repousava sobre uma cadeira longa de madeira coberta por almofadas de tom roxo real e magenta profundo. Ele estava cercado por múltiplas camadas de cortinas de seda, com aspecto metálico, e fios de lã que dividiam o interior, mas que podiam ser puxados para mudar o espaço. Um grande casulo, usado por aquela personalidade real para dormir, estava pendurado no teto, atrás dele. Keiran pensou duas coisas sobre aquela engenhoca: que ela oscilaria durante o percurso em uma estrada acidentada para manter o equilíbrio, e isso era genial, e que ele não iria querer encontrar a aranha que havia tecido aquele casulo. Olhando mais de perto, para seu alívio, ele viu que o casulo era feito de lã de ovelha, imitando a teia de uma aranha. Valiosos móveis de madeira, porém simples, envernizados em tons pastel de azul-celeste, rosa, verde-mar, lavanda e amarelo dente-de-leão... filigranados com flores de ouro e prata, completavam o quadro. Tudo foi projetado para ser portátil, seguro e durável, mas ainda assim irradiava e aludia a grandiosidade. Anos mais tarde, Keiran se lembraria disso como o momento em que se apaixonou pela cultura Violeta pela primeira vez.

O Monarca, sentado de pernas cruzadas enquanto o observava, era envolvido por um cheiro doce. Ele era um cromo bem roliço, vestido com uma longa túnica de seda branca e uma calça folgada roxa. Usava uma simples máscara de madeira envernizada roxa e prateada, esculpida em forma de borboleta. Suas mãos pequenas e delicadas eram um forte contraste com o corpo rotundo, e Keiran sentiu que estava diante de uma gigantesca boneca viva.

Keiran estava prestes a retirar a máscara, mas Thalassino fez um gesto para que a mantivesse, já que tanto o Monarca quanto seus ajudantes mantiveram as suas.

— Thalassino me disse que você nos ajudou, jovem cromo Vermelho. Obrigado — disse o Monarca.

Ele sinalizou para Thalassino, que puxou uma cortina para o lado. Keiran ficou de boca aberta. Um suporte do chão ao teto foi preenchido com muitas garrafas e ampolas de diferentes cores. Dado o cheiro perfumado no ar, Keiran pensou que provavelmente continham extratos de flores e ervas, fato pelo qual, ele aprenderia, os Cromos Violeta eram famosos.

— De nada, Vossa Alteza — respondeu Keiran.

Ele curvou-se e puxou seu manto para mais perto do peito.

— Você é um ashi, não é? — perguntou o Monarca, enquanto Thalassino serviu-lhes um líquido estranho que brilhava como o pôr do sol.

— Sim, pertenço a essa casta, mas... como você sabe...

Ele lamentou ter feito essa pergunta, pois estava na frente de um governante.

— É difícil não perceber a marca de sua casta em seu ombro, embora os tecidos finos de seu manto também falem por você. Duvido que as outras castas usem roupas tão refinadas. Estou certo?

Keiran assentiu com a cabeça. Thalassino lhe entregou a bebida, e ele ergueu o copo, vendo as cores radiantes rodopiarem.

— Nunca vi nada assim, Sua Magnificência. É... quase bonito demais para ingerir.

O Monarca riu.

— O brilho vem de uma rara planta fosforescente chamada Gota de Sol. Nós, Cromos Violeta, temos um método secreto para extrair e cultivar seu doce sabor — disse o Monarca enquanto tomava um bom gole debaixo da máscara.

Em seguida, ele inclinou a cabeça para um lado, analisando a aparência desgrenhada de Keiran.

— Diga, o que faz um ashi sozinho nos arredores do Reino Vermelho tão cedo? — questionou, enquanto saboreava seu néctar.

— Estou aqui porque estou... estava...

Pela primeira vez na vida, Keiran ficou sem palavras. Sentiu-se envergonhado diante de um dignitário estrangeiro tão importante, e seu plano de fugir de Samaris afinal não parecia tão bom. E, ainda assim, havia algo reconfortante no tom de voz do Monarca, um calor e uma compreensão que ele precisava desesperadamente e nunca havia obtido entre os Cromos Vermelhos. Ou talvez tenha sido um efeito daquele estranho néctar que bebera.

Ele observou o rosto do Monarca através das aberturas oculares da máscara. Havia algo sobre o líder Violeta, uma certa serenidade que fazia Keiran sentir-se livre para dizer o que pensava. Ele virou o copo e sentiu o calor do líquido morno aquecer suas entranhas como se estivessem em brasas: tinha certeza de que elas brilhavam como uma Gota de Sol. Keiran deixou as palavras fluírem e, ao fazer isso, a dor que sentia foi drenada dele.

— A verdade, Majestade, é que estou perdido. Embora meus olhos ainda possam ver Samaris a distância, meu lar, meu verdadeiro lar, não está em nenhum lugar à vista.

O Monarca ergueu a máscara para beber mais, e então disse:

— Acho que isto é algo comum entre cromos da sua idade... Para se encontrar, primeiro deve se perder. Até que isso aconteça, pode se juntar a nós, se desejar. Vamos ver a nova Vidente Laranja. Talvez ela lhe diga algo sobre seu futuro. Mas é com você...

— Irei com vocês! — exclamou Keiran, tomando outro gole de seu néctar.

Sim, era exatamente disso que precisava. Por que não tinha percebido antes? As cores da sala tornaram-se mais intensas. Com certeza, era um sinal...

O Monarca riu suavemente e disse:

— Excelente!

Então, voltando-se para Thalassino, acrescentou:

— Há lugar em sua carruagem?

— Vou me certificar de que tenha — disse Thalassino, olhando para o cromo Vermelho com uma admiração não disfarçada.

A carruagem de Thalassino era menos grandiosa em termos decorativos, mas também tinha muitas prateleiras com garrafas de vários formatos e frascos de cores diferentes. Para Keiran, parecia que tinham capturado um arco-íris e ordenhado suas cores, que depois foram colocadas na prateleira. Cada cheiro era diferente, e Keiran descobriu que gostava muito dos conhecimentos dos Cromos Violeta sobre extratos de plantas.

Ele ergueu um frasco violeta.

— O que é isto? — perguntou, timidamente.

— Gostou? — respondeu Thalassino. — Também gosto muito. É extrato de lavanda. Pode abrir se quiser...

Keiran abriu o frasco e inalou profundamente. Foi como uma explosão aos sentidos e o fez sentir-se ainda melhor do que a poção de Gota do Sol que bebeu com o Monarca Violeta.

— É muito bom... — atestou ele enfim.

Thalassino assentiu em aprovação, e para Keiran parecia que os olhos do cromo Violeta brilhavam dentro da máscara.

— Preciso verificar as carruagens agora... ver se algo está danificado..., mas, por favor, fique à vontade. Aqui está um pouco d'água se estiver com sede — afirmou ele, entregando a Keiran um cantil.

Suas mãos se tocaram e Thalassino retirou a dele, muito rápido, fazendo o cantil cair no chão.

— Acho melhor você verificar as carruagens — sugeriu Keiran para encobrir o constrangimento.

Assim que Thalassino partiu, Keiran permaneceu parado dentro da carruagem, ainda atordoado por seu encontro com cromos tão diferentes e suas estranhas casas sobre rodas. Ele ficou comovido com o fato de o Rei Violeta tê-lo tratado de uma forma tão gentil e acolhedora, embora fosse de uma cor diferente. Em Samaris, apesar de ele e Chtomio serem bons amigos, tinha encontrado o Rei Vermelho apenas uma vez. Sentia que a civilidade do Monarca Violeta o fazia parecer muito mais confiante e, portanto, um líder mais forte do que o orgulhoso e intimidador governante Vermelho.

Além disso, todos os Cromos Violeta comportavam-se de uma maneira gentil e acolhedora... como Thalassino. Keiran sorriu ao pensar no jovem cromo. Ele tirou com cuidado outra das ampolas de perfume de Thalassino da prateleira para um olhar mais atento. Inalou-o profundamente, sentindo sua mente limpa. O líquido espesso e verde-brilhante dentro dele cheirava à hortelã e ar de primavera. Outro frasco era vermelho-escuro e seu conteúdo parecia menos denso. Cheirava a rosas e pimenta, uma combinação que era estranha, mas inebriante.

Naquele instante, vozes do lado de fora chamaram sua atenção e ele olhou para fora de uma das minúsculas janelas. Os cromos Violeta corriam em direção à última carruagem que tinha sido transportada pelo rio.

"Talvez, ela esteja presa e eles precisem de ajuda" pensou consigo, e saiu para prestar auxílio.

— Pegue um galho, rápido, antes que todas saiam — gritava um cromo Violeta para os outros.

Quando Keiran aproximou-se da carruagem, percebeu várias borboletas voando ao redor dos cromos Violeta. Elas eram excepcionalmente grandes e coloridas. Ele estava certo de que nunca vira borboletas tão bonitas em toda a sua vida.

As borboletas pareciam ter percebido sua presença também, pois se aproximaram dele. Havia borboletas verdes, laranja e azuis com círculos amarelos. Por um instante, Keiran esqueceu tudo sobre a comoção e ficou parado, admirado por tal espetáculo da natureza. Como elas eram audaciosas! Muitas pousaram em seu manto à medida que outras se reuniam ao seu redor.

As borboletas voavam e rodopiavam ao redor de sua máscara e de seus ombros até que cada uma pousasse sobre ele. Keiran riu e abriu os braços para dar espaço a elas. Ele olhou para seus belos corpos esguios... Será que os ferrões estavam na extremidade da cauda? Como vespas? Que estranho...

Foi somente então que Thalassino percebeu o que estava acontecendo.

—Keiran? Não! — gritou.

Ele correu em direção ao cromo Vermelho. Keiran ouviu Thalassino chamar seu nome quase ao mesmo tempo em que sentiu dezenas de pequenas picadas perfurarem sua carne. Seu prazer se transformou imediatamente em um surto da dor mais intensa que ele já havia experimentado em toda a vida! Ele não podia mais ver ou mover-se. Sentiu-se como a estátua gigante de Adio na entrada de Samaris. E, como aquele grande monumento, ele sentiu rachaduras espalhando-se por todo seu corpo como se estivesse se desfazendo em muitos pedaços.

◆

CAPÍTULO 45

ENCONTRADO

O sol estava alto no céu, e Chtomio sentiu uma grande sensação de alívio. Os outros cadetes teriam completado sua sangrenta tarefa e não atacariam mais nenhum janis. Adina estava a salvo. Caminhando incessantemente durante toda a noite e toda a manhã, eles se afastaram muito de Samaris, mas seu pai sem dúvida estaria tão enfurecido que não pensaria duas vezes em mandar metade de seu exército em busca do filho traidor. E ele ainda nem sabia onde estavam. Seria no território Laranja? Ou no Reino Vermelho? "Lutar menos e observar mais" era uma das lições de seu tutor, e ele começava a entender o porquê. De certa forma, suspeitava que a astúcia e o conhecimento sempre se sobrepunham à força bruta. Chtomio prometeu que, se algum dia se tornasse rei, se lembraria dessa lição de vida. Porém, naquele exato momento, estava faminto.

Ele olhou de relance para Adina, que tremia, ainda gélida pelas rajadas de vento que sopravam desde o início da manhã e por ter passado a noite andando sem parar. Chtomio havia decidido separar-se dela ao amanhecer, mas as condições da cromo pareciam ter piorado e ele simplesmente não conseguiria deixá-la daquele jeito. Adina, além disso, não parecia tão ansiosa para separar-se dele tão rápido.

— Agora nós estamos seguros. Podemos parar e descansar — disse. — Vou acender uma fogueira e ver se consigo encontrar algo para comer...

Adina sentou-se no chão e não disse nada. Chtomio rapidamente colheu raízes secas, gravetos e cascas e depois usou a pederneira que sempre carregava consigo para fazer faíscas. O fogo queimou a lenha seca e logo conseguiram uma bela fogueira. "Bem, eis algo em que sou bom", pensou. Os dois se aconchegaram perto das chamas. Embora Chtomio sentisse seu calor, ele percebeu que Adina ainda sentia frio. Ele tirou seu manto e o colocou sobre os ombros dela. Ela aceitou o gesto sem dizer nada. Parecia estar meio adormecida.

— Adina, você está se sentindo bem?

Ela não respondeu.

Ele aproximou-se e, com gentileza, retirou a máscara dela. Adina estava com os olhos fechados, e Chtomio percebeu que a testa da cromo estava molhada de suor. De repente, ele viu quatro carruagens a distância. No início, pensou que poderiam ser soldados Vermelhos procurando por ele, mas eles nunca viriam com carruagens. Então, ao se aproximarem, acompanhados pelo baque monótono dos cascos de bois no chão, Chtomio percebeu que não eram Cromos Vermelhos.

— Calma — disse Yit, puxando suas rédeas para parar os bois. — Saudações, cromo! Viemos em paz.

— Saudações... — respondeu Chtomio, ainda surpreendido por ver cromos estrangeiros.

Yit desmontou e disse:

— Vento frio, não é? Sua senhora pode precisar de mais cobertores.

Chtomio, confuso, virou-se para Adina e disse:

— Qual senhora?

Então, percebendo, ele corou:

— Ah, não, ela não é minha senhora, nós... bem...

— Bom, seja quem for, parece que ela precisa de ajuda. Não percebeu que ela está tremendo? — perguntou Yit.

Ele saltou da carruagem e aproximou-se da fogueira para examinar Adina.

— Eu sei disso! Foi por esse motivo que acendi a fogueira — irrompeu Chtomio.

Mas Yit não estava mais lhe dando atenção.

— Vorym! Ar! — chamou ele, e duas cromos desceram de outra carruagem.

— Esta cromo está grávida — disse Yit —, e a julgar pelo tamanho da barriga, dará à luz uma criança muito em breve.

As duas cromos assentiram com a cabeça. Elas levantaram cuidadosamente Adina e a ajudaram a entrar em sua carruagem.

— Espere! — gritou Chtomio. — Para onde a estão levando?

— A um lugar mais quente, para começar — respondeu Yit. — Nós, Cromos Violeta, sabemos como cuidar de uma cromo que está esperando um bebê.

— Violeta? — indagou Chtomio. — Quer dizer que nós estamos no território Violeta?

— Claro que não — explicou Yit. — Este é o território Laranja. Estamos apenas de passagem. Quem são vocês?

— Sou Chtomio, Pr...

Chtomio mordeu o lábio antes de terminar sua frase. A prudência sussurrou para que não dissesse seu nome e revelasse sua origem nobre. Ou será que ele simplesmente não queria que ninguém soubesse que o grande Príncipe de Samaris havia se perdido como uma criança?

— Bem, Chtomio, Pr..., parece que nossas carruagens estão se transformando em uma enfermaria sobre rodas porque, além de sua amiga, temos outro cromo doente. Posso perguntar o que vocês estão fazendo aqui? Vocês se perderam?

Isso era demais para Chtomio tolerar.

— Não estou perdido! — afirmou com convicção.

— Yit! O que houve?

Era a voz de Thalassino.

— Nada! — respondeu ele. — Estou apenas falando com mais um cromo que parece ter se perdido.

Então, voltando a Chtomio, acrescentou:

— Qual o problema de vocês, Cromos Vermelhos, e a orientação?

O jovem príncipe não conseguiu resistir:

— Meu nome é Chtomio. Sou o Príncipe Vermelho, então mostre algum respeito, cromo Violeta! — revelou-se.

— Ó, o Príncipe Vermelho! Aqui, no meio do nada... — zombou Yit. — É claro! Eu deveria saber! Que grande honra, Vossa Majestade.

Yit fez uma reverência exagerada.

— Não me faça de bobo — sibilou Chtomio —, sou de fato o Príncipe Vermelho.

— Bom, então prove — instigou Thalassino, aproximando-se dos dois.

Chtomio mostrou aos dois Violeta seu ombro esquerdo que agora tinha a marca dos ashis.

— Isto — explicou — é a marca da...

— Da casta ashi — completou Thalassino. — Sim, nós sabemos tudo sobre isso. De fato, temos outro ashi Vermelho aqui conosco. Ele foi envenenado e...

— Envenenado? Por quem? Quem é este ashi?

— Seu nome é Keiran...

— Keiran está aqui?

— Você o conhece?

— Sim, é meu amigo! Leve-me até ele agora!

Chtomio mordeu seu lábio, então disse:

— Por favor.

Thalassino contou a Chtomio tudo sobre o encontro de Keiran com as borboletas enquanto entravam na carruagem dele. Os Cromos Violeta as capturavam por conta de seu veneno. Chtomio lembrou que era uma tradição Violeta injetar o veneno em seus filhos para alterar a aparência deles. Suas feições faciais assumiam o aspecto de uma borboleta à medida que amadureciam, o que os Cromos Violeta consideravam uma manifestação transformadora de grande beleza. Contudo, esse era normalmente um processo lento. Keiran tinha sido picado por muitas borboletas, o que poderia ser mortal. Thalassino estava cuidando dele, mas não podia ter certeza se Keiran sobreviveria.

Chtomio ficou chocado ao encontrar seu amigo colocado dentro de um casulo gigante, inconsciente. Seu corpo inteiro estava inchado, e sua pele, azulada.

— Keiran, pela misericórdia dos deuses! — exclamou Chtomio.

— Ele está sofrendo, mas o pior já passou. Nunca vi um cromo que não fosse Violeta sobreviver à primeira etapa de um ataque de borboletas — comentou Thalassino.

Chtomio percebeu algo ainda mais horripilante em Keiran. Perto de seus pulsos, duas protuberâncias haviam se formado, fazendo parecer que seu amigo tinha seis dedos em cada mão.

— O que... O que são estas *coisas*? — perguntou Chtomio chocado, apontando para as mãos de Keiran.

— Efeitos colaterais do veneno das borboletas — justificou Thalassino de forma trivial. — Eles geralmente se manifestam no rosto, mas no caso dele...

— Selvagens... Vocês, Cromos Violeta, são selvagens! — protestou Chtomio. — Que tipo de cromos levariam insetos tão perigosos em suas carruagens?

Thalassino falou calmamente:

— Ao contrário de vocês, nós, Cromos Violeta, não usamos armas para nos defender. Levamos borboletas conosco como uma forma de proteger nosso Monarca no caso de alguém mal-intencionado nos atacar. São tempos violentos, infelizmente.

Chtomio voltou-se a seu amigo.

— Eu não devia ter deixado você partir, Keiran — murmurou.

Então, o Príncipe virou-se para Thalassino e disse:

— Precisamos levá-lo para Samaris. Ele será curado lá.

— Ninguém pode curá-lo a não ser nós, Príncipe Vermelho — disse uma voz por trás deles.

Thalassino humildemente curvou-se diante de seu Monarca quando o governante entrou em sua casa sobre rodas. O Monarca Violeta aproximou-se de Chtomio.

— Disseram que você é Chtomio, o filho de Akay, o Rei Vermelho. É verdade?

— É — respondeu, sem disfarçar seu orgulho.

— Bem, Chtomio, se você deseja que Keiran sobreviva, ele precisará ficar conosco. Somos os únicos capazes de remover o veneno de suas veias sem matá-lo.

— Mas certamente todos vocês podem vir a Samaris! Meu pai os receberá com hospitalidade — respondeu Chtomio, apesar de não ter certeza disso em particular.

— Receio que isso esteja fora de questão. Vamos ver a Vidente Laranja, e nada deve nos impedir de chegar ao nosso destino.

Thalassino então sussurrou algo para o Monarca Violeta que Chtomio não conseguiu entender. O líder Violeta grunhiu no início, mas depois assentiu. Thalassino disse:

— Príncipe Chtomio, você pode ficar com seu amigo se assim desejar, durante nossa viagem.

Nos próprios pensamentos, Chtomio remoeu sobre a oferta. Afinal, não era isto que ele queria? Deixar Samaris, pelo menos por um tempo? Seria mais seguro para Adina se eles permanecessem e certamente seria melhor dizer que ele ficou para ajudar um amigo, em vez de confessar ao pai que desobedeceu às ordens do Capitão Vermelho.

— Muito bem — disse ele. — Eu aceito.

— Esplêndido — respondeu o Monarca Violeta. — Agora, vamos ver como está aquela cromo infeliz e seu bebê.

Após dizer isso, ele saiu. Thalassino optou por ficar para continuar cuidando de Keiran e, olhando para Chtomio, murmurou:

— É minha culpa. Tudo aconteceu tão rápido que não tive tempo de alertá-lo sobre as borboletas.

Chtomio balançou a cabeça.

— Apenas garanta que ele viverá para contar esta história — disse. — Vou pedir aos deuses Vermelhos que ajudem Keiran em sua recuperação.

As carruagens retomaram a viagem e Chtomio logo sentiu o cansaço por não ter dormido por uma noite inteira e por ter marchado incessantemente até as terras Laranja. Ele adormeceu perto de seu amigo e não acordou até o dia seguinte.

Quando Chtomio acordou na manhã seguinte, ele se sentiu bem descansado. Seus pensamentos se voltaram imediatamente para seu amigo, Keiran, que parecia dormir em paz. Chtomio percebeu que a cor da pele dele não estava tão azulada como na véspera.

Ele queria ficar perto do amigo, mas seu estômago exigia atenção imediata. Chtomio percebeu que estava sem comer o dia todo. O Príncipe Vermelho ficou aliviado ao ver que, fora da casa sobre rodas, três cromos Violeta já estavam preparando o que parecia ser um café da manhã cordial. Conseguiu ver um pássaro de caça assado com mel, frutas secas e... flores guisadas?

Ele observou os cromos Violeta colocarem porções generosas das flores em cada prato em uma mesa de madeira. Ar fez um gesto para que Chtomio viesse sentar-se com eles. O café da manhã tinha um cheiro delicioso. Todos estavam fazendo algo e trocavam palavras gentis enquanto se ajudavam. Porém, era a agilidade e a harmonia graciosa com que faziam tudo que o cativou. De certa forma, eles lembravam as formigas operárias. Ele sorriu enquanto colocava sua máscara e saía da carruagem.

A voz jovial de outra cromo Violeta o saudou imediatamente.

— Bom dia, Príncipe Chtomio! — cumprimentou ela.

Os cromos Violeta voltaram-se para o cromo Vermelho e o saudaram da mesma forma amigável.

— Bom dia, Príncipe Chtomio! — disseram em uníssono.

— Hum, olá — respondeu ele.

Thalassino saiu de trás da carruagem real e disse:

— O Monarca se juntará a nós em um instante.

Essas palavras eram exatamente o que o estômago de Chtomio queria ouvir, então ele logo se sentou e pegou uma coxa do pássaro.

— Diga, todos os nobres Vermelhos são como você? Eles comem antes que seus anfitriões cheguem?

Chtomio virou-se para ver o Monarca de frente. Seu rosto ficou vermelho, e o Príncipe ficou feliz pela máscara em sua face.

— Hã... não, Vossa Alteza. Peço desculpas... não comi nada ontem.

— Nenhum cromo deveria ter que sofrer isso! — comentou o Monarca Violeta. — Portanto, vamos começar a comer.

Chtomio agradeceu, e a conversa voltou-se rapidamente para sua aventura do dia anterior. Porém, ele havia se preparado para isso. Explicou ao Monarca que estava caçando quando encontrou uma pobre janis em apuros. Percebendo que ela estava prestes a dar à luz, se ofereceu para ficar com ela e ajudá-la.

— E foi quando você apareceu — disse, satisfeito com sua nova versão dos acontecimentos.

— Você caça sozinho, sem um cavalo e sem armas adequadas? — questionou o Monarca.

— Sim — respondeu Chtomio, mentindo —, é uma tradição Vermelha.

— Por que não conta o que você e seus amigos estavam realmente caçando?

Era Adina. Ela tinha saído da carruagem das cromos sem a máscara. Seu rosto estava pálido e parecia exausta.

O manto de Chtomio ainda estava enrolado nela, e ela o usou para cobrir seu filho recém-nascido.

— Permita-me arranjar uma máscara para você! — disse Thalassino.

Bem rápido, ele pegou uma máscara leve de renda e madeira de salgueiro da carruagem das cromos. Contra a vontade de Adina, Thalassino enfim conseguiu pôr a máscara nela. Ao fazer isso, ele olhou para a criança e percebeu que ela tinha um grande inchaço na garganta. Chtomio também percebeu isso. O recém-nascido tinha um inchaço anormal que lhe deformou todo o pescoço.

— O que houve com ele? — perguntou Chtomio preocupado.

Adina foi ágil ao esconder seu filho dentro do manto mais uma vez.

— É um presságio dos deuses! — exclamou Thalassino. — Um bom presságio.

— Nenhum presságio é bom se você for uma janis — murmurou Adina.

— Seu filho viverá uma vida longa e produtiva, tenho certeza — reiterou Thalassino alegremente.

— Uma vida produtiva! — repetiu Adina com raiva.

Ela então dirigiu-se enfurecida a Chtomio.

— Vá em frente! Diga a eles o que fazem conosco! Diga que tipo de vida produtiva vocês têm reservado para nós, janis! Diga!

Ela caiu no chão. As cromos Violeta a ajudaram a se levantar e depois a levaram de volta para dentro da casa sobre rodas.

Chtomio olhou para seu prato. Ele ficou sem apetite e sentiu uma vergonha ardente. Baixou a máscara em sinal de humildade e falou com o Monarca Violeta.

— Ela está certa. A verdade é que estávamos fugindo de Samaris quando o encontramos.

Chtomio então contou aos chocados cromos Violeta tudo sobre a caça maligna que seu pai havia orquestrado.

— Tenho vergonha de meus próprios cromos, de meu próprio reino — suspirou.

— Bem, você é mais nobre do que eu pensava — respondeu o Monarca. — Você se recusou a participar e salvou pelo menos um de seus súditos da morte certa. Ao fazer isso, se salvou.

— Mas não salvei minha nação. E se um herdeiro ao trono não pode mudar as coisas, então não sei quem pode.

— Talvez devesse fazer esta pergunta à Vidente — sugeriu Thalassino.

— De fato — concordou o Monarca Violeta.

Chtomio tinha ouvido histórias de Videntes Laranja, mas os Cromos Vermelhos sempre menosprezaram as vizinhas Cromos Laranja como se fossem cromos simplórias que não possuíam nenhum conhecimento real. Para os nobres Vermelhos, elas eram apenas mais um exemplo de como as nações de cromos rivais ainda eram primitivas. Mas se aquela aventura ensinara algo a Chtomio, era olhar além da superfície da linhagem de um cromo.

— Por favor... fale mais sobre esta Vidente — pediu ele.

◆

CAPÍTULO 46

ESCOLHIDA

Quando Sybilla acordou no dia seguinte, decidiu que continuaria a explorar o Templo. Ficara tão exausta na noite anterior que quase adormecera no momento em que pisou no local.

Ela percebeu dois pequenos túneis no final do salão que não havia visto na noite anterior. Eles levavam para dentro da caverna e pareciam duas narinas grandes que conduziam para dentro das entranhas da terra.

Sybilla pegou uma tocha e decidiu entrar no túnel à sua direita. O ar estava frio, e o corredor, escuro, mas felizmente havia tochas prontas para serem acesas ao longo do caminho.

— Qualquer caminho escuro pode ser iluminado — disse ela a si mesma, e sorridente decidiu acrescentar esse novo ditado criado ao seu arsenal de frases prontas.

Então seu sorriso rapidamente se desfez ao perceber que, na primeira sala que encontrou, havia uma tumba.

Ela sabia que estaria na companhia de algumas Videntes mortas, mas foi o pensamento de que estaria enterrada no mesmo local após viver ali toda sua vida que a deixou apreensiva. Sybilla sentiu essa mesma inquietação quando foi chamada por Nara, a Irmã-guia, no fatídico dia em que foi escolhida para se tornar a Vidente.

— Sente-se — dissera Nara.

A cela de Nara em Crodya era frugal como qualquer outra e nada nela levaria alguém a acreditar que pertencia à Irmã mais poderosa da Nação Laranja. As paredes eram simples, e a cama dura. A janela que permitia avistar todo o vale abaixo era, talvez, o único luxo existente. Ela estava aberta, e assim Sybilla viu muitos corvos sobrevoando a cidade. Sybilla havia feito uma reverência antes de sentar-se em um pequeno banco feito de um tronco de árvore.

— Tire a máscara — pedira Nara, e Sybilla acatou.

Nara também estava sem máscara e seus olhos encaravam os da mais jovem. Elas se entreolhavam em silêncio, e Sybilla estava determinada a não deixar que o olhar de Nara levasse a melhor sobre ela. Nara enfim quebrara o silêncio.

— Diga, você está gostando disso? — perguntou.

Sybilla respondeu:

— As palavras de Nara parecem à Sybilla como neblina... confusas, como as de um demagogo.

Em todas as respostas, Nara esbofeteava Sybilla no rosto com força.

— Não se atreva a brincar comigo, Sybilla! Esse seu jogo já foi longe demais!

Sybilla tinha resistido ao impulso de chorar e de sair do quarto. Reunindo todas as suas forças, ela havia se recomposto e encarado Nara outra vez, olhando-a diretamente nos olhos.

— Nossas Irmãs não precisam de alguém que fala por enigmas! — sentenciou Nara. — Elas precisam de alguém que possa prover fé! Esperança! Amor!

Sybilla nunca havia visto a Irmã-guia tão furiosa.

— E você, Sybilla, nunca esteve disposta a prover, mas sempre a receber.

Sybilla então lembrou-se de como Nara se levantara e, olhando pela janela, deu-lhe o golpe final.

— Você nunca se tornará a Vidente. E devia parar com essas suas charadas.

Ao recordar desse confronto dentro do Templo, Sybilla acendeu mais tochas ao longo do túnel e afastou-se da câmara com a tumba. Ela entrou em outra sala que estava cheia de pratos dourados e copos de prata, pedras preciosas e vestidos ornamentados. "Talvez seja algum tipo de sala dos tesouros, ou talvez de presentes oferecidos às videntes anteriores", pensou.

Sua curiosidade aumentava à medida que ela caminhava mais ao longo do corredor, para a sala ao lado, o que se mostrou uma agradável surpresa, pois tinha uma despensa cheia de comida. Ela pegou um pedaço de carne fria para comer e seguiu para a próxima sala, no corredor.

Como as outras, aquela também estava muito escura. Ela iluminou o aposento com a tocha e viu algo se mover e se aproximar.

— Aaaahhhh! — gritou ela ao sair correndo para fora da câmara.

Ela apressou-se de volta ao salão de entrada e saiu do Templo, com as pernas ainda trêmulas. Ela olhou para o céu azul, aliviada de que, seja lá o que estivesse naquela sala, não a pegara. "Estou sozinha aqui, se alguma coisa acontecer, ninguém virá me ajudar", percebeu.

Ela ponderou as palavras. "Ajuda? Não preciso de ajuda! Posso cuidar de mim mesma!" pensou, tomando coragem de novo. No céu, uma águia guinchou. A jovem sentiu que o animal estava chamando diretamente por ela. *"Venha, Sybilla! Este é seu primeiro dia aqui e você já quer fugir? Nara estava certa a seu respeito?"*

Ela balançou a cabeça. Sybilla se fortaleceu, mais uma vez, assim como quando enfrentou Nara naquele árduo confronto.

"*Você nunca se tornará a Vidente*", ela lhe dissera. Sybilla sorriu enquanto se lembrava do que havia acontecido depois.

— Deixe-me dizer uma coisa, Nara — dissera com firmeza, surpreendendo até a si mesma. — Você não decide quem é escolhida para ser a próxima Vidente. São as deusas que escolhem. E elas escolheram a mim.

— Ah, sério? — respondera Nara. — Bom, então, prove!

Sybilla havia permanecido em silêncio olhando para sua superior.

— Viu? Suas palavras vazias não significam nada aqui — insistiu a Irmã mais velha. — Agora vá embora!

Sybilla tinha se levantado, mas, em vez de sair da cela da Irmã, aproximou-se da janela aberta, ainda olhando nos olhos de Nara. Ela havia levantado a cabeça para os céus e, com os braços erguidos, gritara:

— Deusas! Se é com Sybilla que seu reinado deve se alinhar, envie-nos um sinal!

— Sybilla, pare com esse disparate! — protestara Nara, sentindo-se desconfortável.

Entretanto, Sybilla fingira não ouvi-la. Ela permaneceu imperturbável diante da janela, aguardando o sinal. E ele veio, como ela esperava. Enquanto suas palavras ecoavam pelo vale, o pingente em seu colar refletia a luz do sol. Os corvos que sobrevoavam Crodya se deram conta e começaram a voar mais perto da janela de Nara.

— Sybilla, saia imediatamente! — ordenara Nara, mas já era tarde demais.

Um primeiro corvo voou para dentro da cela, e Sybilla conseguiu esquivar-se dele bem a tempo. Outros corvos seguiram instintivamente, e em poucos segundos, a cela de Nara tornou-se um alvoroço, com inúmeros pássaros voando no interior.

— Faça eles irem embora — berrara Nara, enquanto tentava se proteger. — Você provou seu ponto de vista! Você é a escolhida! Agora faça eles saírem!

— Sim, eu sou a escolhida — repetiu a si mesma — e sou mais forte do que seja lá o que for que esteja naquela sala.

Ela então pegou não uma, mas duas tochas, respirou fundo e começou a caminhar rapidamente de volta para dentro do túnel, em direção à câmara.

Quando chegou à entrada, ela hesitou por um instante, mas depois caminhou a passos lentos para dentro. Viu que havia luz vindo da escuridão e que a luz se aproximava mais... havia realmente duas luzes agora, ou duas... tochas? Ela aproximou-se e percebeu que a luz era o reflexo das chamas. Estava olhando para um espelho. Quando ela encontrou as tochas para iluminar a sala, descobriu que a câmara estava cheia de espelhos. Assustara-se com seu próprio reflexo!

Agora, com a sala bem iluminada, seja para qual fosse o lado que olhava, encontrava a própria imagem encarando de volta. Sybilla viu a face determinada de uma cromo. O rosto de uma Vidente.

◆

CAPÍTULO 47

ENCONTRO

As casas sobre rodas retomaram sua viagem sobre as Montanhas Laranja. Chtomio havia retornado à carruagem de Thalassino, esperando ver melhorias na saúde de Keiran, mas a aparência de seu amigo continuava sombria. Sua pele ainda estava ligeiramente azulada e a boca espumando. Chtomio balançou o braço de Keiran.

— Não toque nele — disse Thalassino ao entrar na carruagem, vindo do vagão do condutor.

— Por que não?

— Porque, dessa forma, pode espalhar o veneno.

— Há algo que eu possa fazer? — perguntou o Príncipe Vermelho.

— Reze a seus deuses — respondeu Thalassino —, e eu rezarei aos meus.

— Rezar a meus deuses… — repetiu, pensando nos monumentos de Adio e Adia na entrada de Samaris. — Gostaria que fossem mais do que apenas estátuas.

Thalassino surpreendeu-se por tais palavras.

— Você não crê neles?

— Talvez não como você ou seu Monarca. Ele me falou sobre a Vidente Laranja, e também parece acreditar nela. Mas o que exatamente ele espera dela?

— Não cabe a mim saber isso.

— Acho que vamos descobrir quando chegarmos lá.

— Ah, não! Isso é impossível! Não estamos autorizados a participar da reunião dela com nosso Monarca.

— Então você está fazendo esta viagem sem saber o motivo?

— É o que nosso Monarca deseja. E isso é motivo o suficiente para nós.

Thalassino voltou para a frente da carruagem, deixando Chtomio a sós com Keiran mais uma vez.

— Vou levá-lo de volta para Samaris, meu amigo — sussurrou —, sei que você não gostaria que eu fizesse isso, mas certamente nossos curandeiros Vermelhos são melhores. Eles o ajudarão, não se preocupe.

Naquela noite, durante o jantar, Chtomio manteve a mente ocupada elaborando um plano para levar Keiran para casa. A verdade é que não confiava tanto assim nos Cromos Violeta. Keiran precisava ser curado pelos Cromos Vermelhos, pois somente eles entendiam completamente sua aura, e Chtomio temia que qualquer atraso adicional piorasse ainda mais a condição do amigo.

Chtomio era grato aos cromos Violeta por terem ajudado ele e Adina em um momento de necessidade, mas como poderia saber que não fariam mal a Keiran de propósito? Ou como saberia se o objetivo deles não era sequestrá-lo e exigir um resgate de seu pai? Não, não havia dúvidas em sua mente que precisava deixar a caravana naquela mesma noite.

— Meu caro Príncipe, onde está o apetite pelo qual vocês, jovens cromos, são famosos?

Chtomio olhou para o Monarca Violeta e depois para sua tigela de pétalas e nozes trituradas.

— Hã... sim, Vossa Majestade, sinto muito. Estava imerso em pensamentos.

— Sei em que você está pensando, Chtomio. Eu já deveria ter lidado com isso quando você chegou.

— Ah, sério? — disse Chtomio espantado.

— Sim. Na verdade, acho que agora é um bom momento para isso.

O Magnífico pegou uma pequena caixa de ferro do chão. O cromo Violeta a abriu e delicadamente retirou um objeto cilíndrico. Chtomio já tinha visto um semelhante nas mãos de seu pai.

— É um *escópio* — disse ele, impressionado como sempre pelo raro dispositivo que os governantes de cada nação usavam para avaliar a cor de cada cromo recém-nascido.

— Exato — respondeu o cromo Violeta. — Dado que um recém-nascido Vermelho está entre nós, quem melhor do que o herdeiro ao trono Vermelho para confirmar seu cromo?

Antes que Chtomio pudesse responder, o Monarca Violeta ordenou:

— Tragam aqui a mãe Vermelha e seu filho!

— Não tenho certeza se posso fazer isso, Magnífico. Nunca aprendi como, em Samaris. Ainda não tenho nenhuma autoridade — confessou Chtomio.

— Bem, há uma primeira vez para tudo — respondeu o Monarca. — Os deuses decidiram que sua hora chegou.

Yit aproximou-se dos dois:

— Não conseguimos encontrá-la, Magnífico! A mãe Vermelha e seu filho não estão em nenhuma carruagem.

— Tenho certeza de que ela não pode estar longe daqui — afirmou o Monarca Violeta. — Talvez ela quisesse ficar sozinha com o filho enquanto o alimentava. Vamos dar-lhe algum tempo.

Contudo, Adina nunca mais voltou. Eles logo concluíram que ela fugira. Chtomio entendia o porquê. Ele só esperava que, onde quer que ela tivesse ido, encontrasse paz de espírito e uma vida serena.

Naquela noite, seria a vez de Chtomio fugir. Thalassino estava visitando a casa sobre rodas do Monarca e Chtomio sabia que havia chegado a hora de agir.

— Keiran! — sussurrou a seu amigo. — Acorde, Keiran!

Chtomio começou a sacudir seu corpo suavemente.

— Você precisa acordar Keiran!

Sem resposta. Ocorreu-lhe que a única maneira de escapar seria levar a carruagem inteira junto. No entanto, também sabia que eles não iriam muito longe.

— Hum...

Ele olhou para Keiran e viu o amigo recuperar a consciência.

— Keiran! — exclamou.

— Ai, meu corpo!

— Está tudo bem — disse Chtomio. — Está tudo bem.

— Chtomio? É você mesmo?

— Sim, estou aqui. Mas precisamos partir. Estamos com os Cromos Violeta e longe de Samaris.

— Partir? Por quê? Não entendo. Ai, minhas pernas.

— Eles me disseram que você foi envenenado por borboletas.

— Sim... foi minha culpa. Como você chegou até aqui?

Chtomio relatou como conheceu Adina e como ambos foram interceptados pelos Cromos Violeta.

— Mas agora é hora de voltar para Samaris. Eles vão curar você lá.

O rosto de Keiran ficou mais sério.

— Não, não, Chtomio. Estou cansado, preciso dormir...

— Você é livre para ir quando quiser, mas Keiran precisa ficar aqui e se curar.

Chtomio virou-se e viu Thalassino de pé atrás dele.

— Ninguém está impedindo você. Vá se quiser — continuou o cromo Violeta.

Chtomio balançou a cabeça em negação.

— Vou ficar até Keiran melhorar. Até que eu veja isso com meus próprios olhos. Depois, irei embora.

— Faça como quiser — respondeu Thalassino.

No dia seguinte, a caravana chegou ao sopé das Montanhas Laranja. Ao longe, as Cidades Gêmeas, Doryca e Crodya, mal podiam se distinguir de sua paisagem rochosa. Havia bois pastando nas proximidades e Chtomio viu várias cromos Laranja olhando para eles, sem dúvida com curiosidade.

Keiran havia melhorado consideravelmente. Sua pele não estava mais azulada e apresentava um tom rosado muito mais saudável. Thalassino cuidou para que ele tivesse tudo o que precisasse.

— Parece que para ele você é o legítimo Monarca — comentou Chtomio, aos risos, durante a viagem.

E ficou surpreso ao ver o amigo corar como um pimentão vermelho.

— Bem, não precisam mais de mim — disse ao enfim perceber —, seguirei meu caminho.

Os cromos Violeta deram a Chtomio um saco cheio de comida, bem como um cantil d'água. Ele agradeceu ao Magnífico e fez uma última visita a Keiran.

— Então vão deixar você ficar com eles, hein? — perguntou ao amigo.

— Sim, são bons cromos, Chtomio. Melhores do que nós! Pela primeira vez em minha vida, sinto que encontrei meu lugar de direito.

Chtomio assentiu.

— Estou feliz que tenha se encontrado — disse sinceramente e sorriu.

— Você sempre pode vir e me visitar — respondeu Keiran.

— Claro, e Samaris estará sempre lá para você.

Os dois se abraçaram pela última vez.

— Adeus, Keiran.

— Keiran morreu com as borboletas, Chtomio. Meu nome, a partir de agora, será Danayd.

— Um novo nome não fará de você um cromo Violeta.

— Eu sei, mas sinto como se tivesse nascido de novo.

Ele então ergueu as mãos.

— E estas mãos de seis dedos são um testemunho disso.

Ambos riram, e Chtomio ficou feliz ao perceber que o amigo não associou as consequências do veneno sobre seu corpo a uma maldição. Pelo contrário, ele percebeu que isso o fez se identificar ainda mais com os Cromos Violeta, pois eles pareciam apreciar as deformações do corpo, como fizeram com o filho de Adina.

— Eu entendo — disse enfim o Príncipe Vermelho —, mas ainda vou sentir falta do velho Keiran.

— Ele também vai sentir sua falta, Chtomio.

Chtomio deixou as casas sobre rodas dos Cromos Violeta e seguiu na direção oposta à das Montanhas Laranja. Havia decidido voltar ao Reino Vermelho e confrontar o pai. Ele deu um último olhar para as rochas vermelhas e alaranjadas, que pareciam dividir a terra e o céu. "Em algum lugar lá fora, está a Vidente", pensou. Alguém tão importante que havia inspirado um Monarca a viajar entre territórios só para lhe fazer uma visita. Sua curiosidade começou a levar a melhor. Então, ele balançou a cabeça.

— Não, preciso voltar a Samaris. Eles devem estar esperando por mim.

Deu mais um passo e depois parou para pensar melhor.

— Mas quando terei outra oportunidade de conhecer uma Vidente? — murmurou consigo.

Ele dirigiu-se de volta às Montanhas Laranja e, daquela vez, não parou. Seu espírito se elevou ao pensar em conhecer a mística Vidente Laranja. Talvez ela pudesse dizer-lhe o que fazer com sua vida.

Foi somente quando chegou ao topo do primeiro penhasco que Chtomio percebeu que não tinha ideia de onde aquela mística vivia. Então viu um ponto roxo caminhando abaixo dele, no abismo.

— É o Monarca — exclamou. —Tudo o que preciso fazer agora é segui-lo e ele me conduzirá até a Vidente.

Felizmente, para Chtomio, o corpo gordo e envelhecido do Monarca o forçou a fazer muitas pausas, tornando-o fácil de ser seguido. Levou algum tempo, mas, enfim, o cromo Violeta chegou à entrada do desfiladeiro onde ficava o Templo da Vidente.

— Uau — exclamou Chtomio, vendo-o do penhasco acima.

Ele ficou muito impressionado com a magnitude da arquitetura.

— E eu pensava que as Cromos Laranja eram apenas simples camponesas dedicadas a pastorear animais.

Ele esperou que o Monarca entrasse no Templo, mas o cromo Violeta parecia hesitante.

— O que ele está esperando? — perguntou-se.

Então entendeu. O Monarca estava esperando que a Vidente saísse de seu Templo e o saudasse como se o autorizasse a vir até ela... o que ela fez. Sua máscara de cobre laranja brilhava à luz do sol.

Ela brilhava tanto que olhá-la quase cegou Chtomio. Mesmo não estando perto, ele podia ver que os braços e as pernas da Vidente eram firmes. E essas não eram as únicas partes firmes de seu corpo, observou o jovem príncipe. A voz musical da Vidente chegava até ele de dentro da ravina.

— Saudações, Monarca Violeta, estava lhe esperando.

— Você sabia que eu viria? — perguntou o cromo Violeta, surpreso.

— Desde que decidiu fazer tal viagem — respondeu Sybilla, em um tom grave.

— Então você sabe a razão pela qual estou aqui — comentou ele.

— Ah, mas é claro, Monarca Violeta. A pergunta é: você sabe?

O cromo Violeta hesitou por alguns segundos antes de responder:

— Sim, quero saber quem deve ser meu sucessor. Não é essa a razão?

"Ah, então foi por isso que ele veio", pensou Sybilla.

— Você está preocupado com o futuro de sua nação... essa é a verdadeira razão — disse ela, em voz alta. — Mas o futuro é como um nó. Como e quando ele será desatado é incerto. Mudanças e escolhas dependem não de uma, mas de muitas vozes.

— Então me guie, Vidente, pois estou confuso.

Ao ouvi-la falar, Chtomio ficou ainda mais confuso que o Monarca Violeta. O que, em nome de Adio, ela estava dizendo? Era assim que as Cromos Laranja falavam? Por enigmas? Ele tentou se lembrar das poucas vezes que as ouvira em Samaris, quando vinham vender seus rebanhos aos Cromos Vermelhos. Elas falavam principalmente de carnes e sais. Lá não havia enigmas. Essa cromo Laranja era obviamente diferente. E mesmo que falasse de maneira peculiar, ele gostava do tom alegre da voz dela.

A Vidente fez um gesto para que o Monarca a seguisse dentro do Templo. A curiosidade de Chtomio foi tal que ele decidiu que arriscaria ir até o fim para ouvir e ver o que aconteceria a seguir.

Com cuidado, o Príncipe desceu até o desfiladeiro e correu para os pilares gigantes do Templo. Ele se escondeu atrás de um deles e, felizmente, a entrada estava aberta para que ele pudesse ouvir o que estava sendo dito lá dentro.

A Vidente estava no centro do Templo, perto de uma braseira. Ela acenou com as mãos sobre a chama como que para tocá-la, sussurrando palavras que Chtomio não entendeu bem. Ela então lançou pedras rúnicas sobre uma mesa e baixou sua cabeça para examiná-las cuidadosamente. O Monarca Violeta observou cada movimento.

— Você está vagando sem rumo nesta busca, cansando seu corpo e sua mente — disse ela —, mas você não é um tolo, meramente cego à realidade.

— Eu sei — respondeu o Monarca, impaciente —, é por isso que estou aqui e por que fiz essa viagem. Tenho que tomar uma decisão em breve. E para fazer isso, preciso entender o futuro.

Sybilla ergueu os braços e disse:

— O futuro já se faz presente e próximo de você.

— Você quer dizer que meu sucessor tem viajado comigo?

— Sou apenas uma mensageira das deusas. Só posso repetir o que elas dizem. E agora...

O corpo de Sybilla tremeu enquanto ela se concentrava.

— E agora as deusas estão dizendo que você deve abrir bem os olhos em direção ao céu. No início, ficará espantado, mas depois poderá ver uma borboleta rara.

— Uma borboleta? Não entendo — disse o Monarca.

"Nem eu", pensou Chtomio.

— Leva tempo para encontrar o significado das palavras das deusas — respondeu Sybilla pacientemente —, no momento certo, você verá a luz.

Ela sempre gostou de terminar com essa frase, pois dava esperança a todos. A Vidente viu o Monarca Violeta deixá-la, repetindo suas últimas palavras:

— ...então poderei ver uma borboleta rara.

Sybilla olhou para as mãos. Elas estavam tremendo. Seu primeiro requerente havia sido ninguém menos que o governante de outra nação! Mas se sentiu satisfeita por tê-lo impressionado. Os muitos solstícios passados em Crodya enganando suas Irmãs haviam compensado. Agora que ela também enganara o líder Violeta, se sentia invencível.

— Você vai *me* dizer meu futuro?

Ela virou-se e viu um novo cromo de pé diante dela na entrada do Templo, vestido de vermelho.

— Como você...?

"Controle-se, Sybilla!"

— Quem é você e por que está aqui? — disse ela então em um tom imperioso.

— Pensei que você me diria isso — respondeu Chtomio.

Havia uma pitada de zombaria em sua voz que irritava Sybilla.

— Aqueles que desejam enganar os outros são os verdadeiros tolos — trovejou ela.

— Engraçado, eu teria dito a mesma coisa sobre você — refutou Chtomio. —Bem, não vai me convidar para entrar?

Ela aproximou-se de onde ele estava. Seu cheiro lembrou-lhe baunilha e rosas.

— Deixe-me dizer uma coisa, cromo Vermelho — sibilou. — A Vidente decide quem ela vê e quem ela não vê. Você não pode ver por ela só porque assim deseja.

"Na verdade, eu queria algo mais do que apenas os olhos da Vidente", pensava Chtomio admirando seu corpo atraente e perfeito. "Em nome de Adio, qual é o meu problema? Ela é uma cromo Laranja!" Ele corou por baixo da máscara.

— Hã... olha, sinto muito que tenhamos começado com o pé esquerdo. Permita que eu me apresente.

Ele curvou-se e disse:

— Meu nome é Chtomio. Sou herdeiro do trono de Samaris.

Ao dizer isso, ele sentiu-se envergonhado com seu próprio nível de pompa. *Herdeiro do trono?* Ele nunca havia se apresentado dessa forma. Seu coração batia e... e a verdade era que realmente queria impressioná-la e ser convidado a entrar.

— Sei quem você é! — disse Sybilla.

Ela estava prestes a deixá-lo entrar, mas então preocupou-se. "Espere! E se ele estiver mentindo? Quais são as chances de que dois cromos da realeza venham me visitar no mesmo dia? Mas então novamente, se a notícia de uma nova Vidente se espalhou... e se for realmente o herdeiro do trono Vermelho?" Havia apenas uma maneira de descobrir.

— Diga, como está seu pai, o Rei?

Chtomio deu um passo atrás.

— Você conhece... meu pai? — perguntou, surpreso.

— Como não conheceria? — disse ela, continuando seu blefe.

— Então, devo lhe perguntar. Serei como ele?

Seu tom de preocupação parecia sincero e, naquele instante, ele estava à mercê dela por inteiro.

— Entre — disse ela.

Chtomio a seguiu e retirou a máscara. Quando ela se virou, viu o rosto de um belo cromo olhando para ela com os olhos lânguidos. Seus longos cabelos loiros quase alcançavam os ombros largos. Ela nunca vira um cromo homem sem máscara. E estava bastante certa de que nunca estivera tão perto de um deles que tivesse, mais ou menos, a mesma idade. Ela sentiu um frio na barriga, algo que também nunca experimentara. Talvez fosse culpa de todo aquele papo sobre borboletas.

— Você vai tirar a máscara? — perguntou Chtomio.

Ela olhou para ele, sem saber o que fazer. Então, experimentando uma súbita ousadia, ela tirou a máscara pesada, lentamente, sem perder o contato visual.

Chtomio observou o rosto perfeito e oval de Sybilla emergir. Ela tinha um nariz pequeno e delicado, e olhos lindos e largos. Ela colocou a máscara sobre a mesa e atirou para trás os cabelos castanho-dourados. Para Chtomio, foi o gesto mais bonito que uma cromo poderia fazer.

Sybilla sentia-se inquieta. Parte dela queria que aquele cromo Vermelho fosse embora imediatamente e a outra queria que ele ficasse. "*Controle-se!*", lembrou a si mesma.

— Seu pai faz parte de você, assim como você faz parte dele — afirmou ela —, isto não pode ser desfeito.

— Meu pai mata cromos inocentes — retrucou Chtomio. — Esta é a razão pela qual deixei Samaris. Não quero ser como ele! Nunca serei como ele!

Sybilla estava prestes a jogar sal no fogo, um truque que usava para ganhar mais credibilidade durante suas sessões em Crodya, mas então decidiu não o fazer. Ela realmente queria aprender mais sobre aquele cromo.

— Diga então quem você gostaria de ser — pediu ela, gentilmente.

— Eu gostaria de ser um bom governante, um soberano justo. Gostaria de mudar a maneira como os cromos de cores diferentes interagem. Gostaria que as Leis Coletivas nos dessem mais liberdade. Gostaria que a paz e a justiça fossem a luz-guia para todos os governantes, não apenas para mim.

Chtomio olhou seriamente nos olhos de Sybilla enquanto falava, e ela ficou impressionada com suas palavras. Nunca ouvira alguém falar com tanta franqueza sobre todos os cromos e territórios, eles falavam apenas sobre a própria nação e conterrâneos.

— Aqueles que buscam objetivos nobres serão recompensados — entoou ela.

Seus olhos se encontraram sobre o fogo e permaneceram fixos um no outro por mais tempo do que o esperado.

— Você sempre fala desse jeito? — perguntou Chtomio.

— Falo do jeito das Videntes — respondeu.

Seu tom revelou uma pequena incerteza, o que a deixou zangada consigo mesma. Nunca havia mostrado incerteza com suas Irmãs.

— Quis dizer, você fala como uma cromo normal? — disse ele, sorridente.

— Não sou como as outras cromos.

Sybilla olhou para ele maliciosamente ao dizer isso. *"O que estou fazendo? O que estou dizendo?"*

— Sim, posso ver isso — disse Chtomio, sorrindo.

Por mais que ela tentasse não o encarar muito, Sybilla achou que o cromo Vermelho tinha um sorriso agradável e sincero. Pela primeira vez na vida, um cromo a havia lisonjeado, gesto com o qual não estava acostumada.

— O dia se retira e a noite se aproxima — comentou ela ao retribuir o sorriso.

— Então que esta noite seja especial. Permita que suas deusas durmam e deixe-as livres até o sol nascer novamente.

— Elas nunca dormem — afirmou desapontada. — Agora, deixe meus olhos verem seu futuro.

— Sou todo ouvidos — respondeu Chtomio —, embora o som que eu gostaria de ouvir primeiro fosse o do seu nome.

— Quem eu era não importa. O que importa agora é quem eu sou. E eu sou a Vidente.

— Bem, isso é importante para mim. Portanto, por favor, Vidente, faça este cromo feliz e diga quem é que vai prever o futuro dele.

Seus olhos estavam orgulhosos, mas Chtomio reparou noutro pequeno sorriso malicioso em seu rosto.

— Meu nome era Sybilla — disse ela suavemente.

— Sybilla — repetiu Chtomio, saboreando o nome como um vinho precioso. — Que belo nome.

Sybilla fechou os olhos para fingir concentração.

— Vejo que ... você está com fome por causa de sua longa jornada.

Ela riu. Em seguida, os dois irromperam em gargalhadas. Mandando a cautela aos ventos, ela o pegou pelo braço e o levou mais para as profundezas do Templo.

— Você não tem medo de ficar sozinha aqui? — perguntou Chtomio, preocupado de verdade.

O pensamento daquela bela jovem cromo vivendo sozinha em uma caverna decorada o deixou triste. Era como dar a alguém uma joia preciosa e depois dizer que nunca poderia usá-la. Que desperdício.

— Não, aprendi a viver bem com a solidão desde que era jovem... quanto ao medo, aprendi a dominá-lo e a não ser dominada por ele. O medo pode conquistar o mais forte dos cromos e o mais poderoso dos reis, se você permitir que ele faça isso.

Quanto mais ele a ouvia falar, mais Chtomio a admirava. Ele tinha certeza de que tinham a mesma idade e, no entanto, parecia que ela vivera mais do que ele jamais teria vivido. E pensar que, até então, ele havia pensado mal das Cromos Laranja!

Sybilla o guiou até a sala onde ela descobrira recentemente uma despensa. Estava cheia de carnes secas, mantidas frescas junto às prateleiras de pedra. Os dois jovens cromos serviram-se da comida e voltaram para o salão principal.

Sybilla disse a Chtomio que o Templo tinha muitas salas, todas esculpidas na face do penhasco.

— Você conhece todas? — perguntou Chtomio.

— Claro — mentiu.

Ela não quis dizer que tinha chegado apenas alguns dias antes e que o Templo ainda era tanto uma descoberta para ela quanto para ele.

— Algumas salas estão cheias de presentes para as Videntes passadas, seus velhos pertences pessoais... coisas que remontam há séculos.

— Videntes passadas? Então você vai passar sua vida inteira aqui? Assim como elas? — perguntou Chtomio.

Sybilla assentiu.

— E se mudar de ideia? E se você se cansar disso?

— Você mudará de ideia quando se tornar o Rei Vermelho? Se cansará disso? — refutou Sybilla.

— Não, acho que não — disse Chtomio, em um tom melancólico.

Sybilla tinha observado as expressões dos cromos por tempo o suficiente para entender quando algo estava errado e rapidamente compreendeu que falar sobre o Reino Vermelho era um assunto delicado para seu novo amigo, então ofereceu uma distração.

— Quer ver algumas outras câmaras?

Ela sabia que, ao dizer isso, quebrava todas as regras concebidas para uma Vidente, mas havia algo na companhia daquele cromo... que parecia certo.

Chtomio, alegre, assentiu. Pegando a mão de Sybilla, ajudou-a a se levantar.

— Você escolhe!

Ela riu e se pôs à frente dele.

— Como Vidente, decreto: a sala que você escolher nos dará um sinal.

— De quê? — gritou ele, correndo atrás dela.

— Não tenho ideia — respondeu ela. — Ainda!

Sybilla conduziu o jovem a uma alegre perseguição, mais fundo nos rochedos. Era um labirinto de corredores grosseiramente entalhados dentro do penhasco e Chtomio podia ver por quais salas Sybilla já passara, porque ela deixara as portas abertas. Algumas foram esculpidas na rocha por cromos, mas também havia muitas cavernas naturais cujas portas tinham estranhas formas assimétricas construídas sob medida para cobrir suas aberturas rochosas.

Sybilla disparou correndo à frente, e Chtomio perdeu-a na escuridão. Ele fez uma pausa para pegar sua pederneira e acender uma tocha. Ele admitiu a si mesmo que realmente admirava aquela ousada cromo, que corria como o vento, tão segura de seus pés na escuridão. Sim, concluiu, uma joia como ela com certeza seria melhor aproveitada sentada ao lado de um governante para que uma nação inteira a admirasse, em vez de ser trancada para ser esquecida por todos, exceto por algumas velhas cromos. Chtomio deu uma boa olhada na porta iluminada pela tocha que segurava.

— Sybilla! — chamou, sua voz ecoando por todas as passagens subterrâneas.

— Dirija-se a mim como Vidente! — respondeu ela, sua voz ecoando de volta.

— Vidente... Fiz minha escolha!

Ele ouviu o som dos passos dela se aproximando. Quando ela chegou ao seu lado, ele ergueu a tocha. A luz revelou duas penas entrelaçadas, rodeadas de pedras preciosas que haviam sido lapidadas para se assemelharem a ovos.

— O que você acha disto?

Sybilla olhou para a porta, atemorizada. Ela sabia exatamente o que as plumas simbolizavam: a temida Pygma! Ela olhou para Chtomio, corada e pronta para repreendê-lo, mas não pôde, diante do olhar genuíno de ignorância que ela lia em suas feições.

— Isso é... Hum... um símbolo de castidade — gaguejou ela.

Chtomio riu.

— Espero que não seja isso que o destino reservou para mim.

Ele empurrou a porta e fez uma reverência.

— Depois de você, minha senhora.

Sybilla ergueu a cabeça e entrou na sala.

Para seu alívio, não havia esculturas embaraçosas ou instrumentos de nascimento que revelassem o que o símbolo realmente significava. Em vez disso, a sala estava vazia, exceto por uma simples mesa de madeira, sobre a qual repousavam duas caixas e uma balança.

— Isto está ficando muito interessante — disse Chtomio.

Os dois aproximaram-se da mesa.

— E agora? — perguntou ele.

E avançou para abrir uma caixa, mas Sybilla instintivamente estendeu uma mão.

— Espere! — disse ela.

Uma ideia lhe passou pela cabeça. A ideia de exibir seus "poderes oráculos" era irresistível.

— Acho que não se deve olhar para dentro das caixas. Supõe-se que você deve estender a mão e puxar algo para fora às cegas.

— Acho que não! Algo ruim pode estar escondido lá dentro. E se eu for mordido por uma víbora? — disse Chtomio.

— Nossa, como você é chorão — brincou Sybilla.

Ela enfiou o braço dentro da caixa mais próxima dela e tateou ao redor rapidamente. Sua mão tocou em algo redondo e metálico e ela puxou o objeto para fora. Para sua surpresa, era uma pequena coroa.

— Estranho — disse Chtomio. — Você não é da realeza.

Para não ser ultrapassado em bravura, Chtomio enfiou a própria mão dentro da outra caixa e retirou... um minúsculo manequim.

Sybilla e Chtomio examinaram-no. O pequeno boneco era feito de lã e bastante pesado, fora preenchido com areia. Ele trajava uma roupa multicolorida vermelha, verde, laranja, preta, amarela, azul e violeta.

— É um arlequim — declarou Sybilla com repugnância.

— Que demônio presunçoso — afirmou Chtomio, encantado pela expressão maliciosa que o boneco tinha. — Mas veja, a máscara que ele usa é vermelha. O que será que isso significa?

— Você já viu Arlequins de verdade? — perguntou Sybilla.

— Não, embora eu saiba que alguns são encontrados e mortos no local em outros territórios — explicou Chtomio.

Sybilla reprimiu um sorriso.

— Bem, espero que você nunca venha a conhecer um, dizem que são demônios.

Chtomio e Sybilla se entreolharam. Sem falar, caminharam juntos para pôr seus objetos na balança. Os pratos subiram e desceram, mas depois se acomodaram, em perfeito equilíbrio.

— O arlequim devia pesar mais do que a coroa — comentou Chtomio.

— Obviamente esta balança está quebrada.

Sybilla retirou os objetos e os substituiu por dois de seus anéis. Um tinha uma safira pesada, o outro era um delicado anel de pérolas. No mesmo instante, a balança ficou desequilibrada, refletindo a desproporção adequada de seus pesos. Chtomio ergueu uma sobrancelha para Sybilla. Ela deu de ombros.

— Sinceramente, não sei — repetiu ela.

Porém, ambos sabiam... em algum nível. Chtomio pegou a mão dela e, em silêncio, eles saíram da sala.

— Penas... que escolha estranha para um símbolo de castidade — Chtomio observou, enquanto passavam pela porta.

Eles voltaram para o salão principal e saíram do Templo.

— É uma noite escura — disse Chtomio, olhando para o céu.

— E fria também — acrescentou Sybilla, imitando o gesto.

— É bem provável que eu me perca neste labirinto de desfiladeiros — considerou o jovem Príncipe, tentando dar o melhor de si para parecer dramático.

Sybilla sorriu e se voltou para ele:

— Pode dormir em uma das câmaras durante a noite, se é isso que está pedindo.

Chtomio voltou-se para encará-la e seu sorriso disse mais do que mil palavras.

— Vou embora ao amanhecer. Prometo — tranquilizou-a ao retornarem para o Templo.

Entretanto, a promessa de Chtomio foi rapidamente esquecida por ambos na manhã seguinte. Eles começaram o dia exatamente de onde pararam na noite anterior, visitando as entranhas do Templo, conversando, rindo e aproveitando o tempo para se divertir como se fossem os únicos dois cromos nos territórios. Eles nunca se preocuparam em colocar as máscaras de novo. E, ao final de cada dia, ou Chtomio ou Sybilla inventava uma desculpa esfarrapada para que o Príncipe Vermelho não fosse embora. Logo, eles se sentiram tão à vontade na companhia um do outro que as desculpas pararam. Sua conexão havia sido instantânea e era difícil para eles acreditarem que não se conheciam desde que nasceram.

No sétimo dia, o feitiço foi interrompido por uma voz rouca, gritando do lado de fora do Templo.

— Chtomio! Vossa Alteza! Você está aqui?

Era uma voz familiar para Chtomio: o Capitão Vermelho. O Príncipe mais do que depressa colocou a máscara e se apressou a sair. O Capitão desmontou de seu cavalo e Chtomio viu que estava acompanhado por dois soldados ashis. Eles se ajoelharam quando o viram.

— Como você me encontrou? — perguntou Chtomio, surpreso e preocupado ao mesmo tempo.

Afinal de contas, ele havia desertado.

— Trago más notícias a Vossa Alteza. Seu pai... ele está morto — respondeu o Capitão em tom grave.

— Meu pai morreu? Do que você está falando — disse Chtomio, sentindo-se zonzo de repente.

— Infelizmente, é verdade. Agora, todos de Samaris aguardam ansiosos por seu retorno... o retorno de seu novo Rei.

◆

CAPÍTULO 48

UM NOVO REI

Ainda em choque, Chtomio sentia-se desorientado.

— Meu pai...

Então ele dirigiu-se a Sybilla, que acabara de sair do Templo.

—Você... sabia da morte dele?

Ela balançou a cabeça. Pela primeira vez, desde que conseguia se lembrar, não quis dar uma resposta enganosa. Chtomio apoiou-se em um dos pilares e voltou-se ao Capitão.

— Ele sofreu? — perguntou.

— Disseram que faleceu enquanto dormia, é tudo o que sei.

— Quando exatamente ele morreu?

— Há dois dias. O Conselho decidiu enterrá-lo amanhã ao anoitecer. Portanto, não temos muito tempo.

— Eu devo decidir quando e onde enterrar meu pai, não o Conselho!

— Mais um motivo para partir agora, Vossa Majestade.

Então, voltando-se a um de seus soldados, o Capitão disparou um comando:

— Finian, traga o cavalo do Rei!

Chtomio sentiu uma fúria lenta acumulada dentro dele. Ele estava zangado com o Conselho. Estava zangado com seu pai por tê-lo abandonado dessa forma. Mas, acima de tudo, sentia raiva de si mesmo por não estar presente quando o Rei mais precisou. Ele nunca fora próximo do pai, mas tinha assuntos pendentes com o Rei de Samaris e isso incluía perguntar por que ele havia escolhido governar da maneira como governava. O que o havia levado a tal crueldade?

— Desejo a você uma viagem segura de volta para casa, Rei Vermelho — disse Sybilla.

Ela sentiu pena de Chtomio, mas a tristeza era mais profunda do que isso. Ela também sentiu pena de si mesma, porque sabia que jamais voltaria a vê-lo. Antes de montar seu cavalo, Chtomio pegou a mão de Sybilla e sussurrou:

— Vou voltar… para você.

Junto com os outros cromos Vermelhos, ele rapidamente percorreu a estreita passagem que levava para fora das Montanhas Laranja.

Chtomio estava convencido de que os deuses haviam se voltado contra ele e os odiava por isso. Primeiro havia perdido seu melhor amigo, Keiran, e agora seu pai. Presenciou uma sensação de solidão que o impregnou. Sua cabeça estava girando. O fato de que seu pai havia morrido e que se tornaria Rei, ou melhor, que já era Rei, só o deixava inquieto, mesmo que fosse algo que muitas vezes desejara.

Aliás, ele nunca havia lidado nem com a Corte nem com o Conselho. Os desprezava assim como a seus modos antiquados, arrogância e cegueira para com o mundo fora de Samaris. Então seus pensamentos voltaram-se para Sybilla. Os olhos dela ainda estavam fixos nele quando se virou para um último olhar, e viu que estavam cheios de lágrimas. Sentiu um desespero e teria ficado com ela com prazer, mas sabia que isso era impossível. Ele lembrou-se do que Turan, a guerreira Parabatai, lhe informara sobre como morreria por Coon, seu companheiro, e se perguntou se algum dia seria tão forte quanto um guerreiro Parabatai se tivesse que se sacrificar por outra pessoa. Ele sentiu que poderia fazer isso por alguém como Sybilla, pois enfim ele entendia a notável devoção dos Parabatai... E, então, algo mais ficou claro para ele.

— Capitão, se sou o Rei, por que o senhor veio até aqui sem a guarda real? Onde estão os Parabatai?

O Capitão não respondeu.

— Capitão?

— Estou apenas obedecendo ordens, Vossa Majestade.

— Que ordens? De quem?

— Tudo será explicado em Samaris — respondeu friamente o Capitão.

Talvez tenha sido destino, ou instinto, ou talvez tenha sido o tom da resposta do Capitão. O fato é que a reação de Chtomio mudou sua vida para sempre.

— Eu sou o Rei agora, Capitão! E se eu lhe fizer uma pergunta, por Adio, você me responderá!

O Capitão parou seu cavalo, surpreendido pela voz de comando de Chtomio.

— Você não é meu Rei. Você é um fraco que não consegue nem matar um janis.

As palavras de Chtomio foram tão afiadas quanto espadas.

— Quando voltarmos a Samaris, vou me certificar de que essa caçada horrível nunca mais ocorra. *Depois* de destituir você de seu posto.

— A verdade é que você será o Rei de vida mais curta da nossa história — disse o Capitão.

Ele desembainhou a espada e os dois soldados fizeram o mesmo.

— Tenho certeza de que você teria descoberto isso logo. Você é esperto, eu lhe direi o que houve — continuou ele. — O Conselho viu a morte de seu pai como uma oportunidade de infundir sangue novo na monarquia, mas eles não têm coragem de fazer isso com as próprias mãos, em Samaris. Então, me pediram para fazer o trabalho sujo deles. Como sempre faço.

Ele incitou seu cavalo em direção a Chtomio.

— Mas você eu matarei com prazer. E direi a todos que encontrei nosso pobre Príncipe, já morto, provavelmente assassinado por cromos Pretos. Assim eles podem enterrar você e seu pai, juntos.

Chtomio desembainhou a espada.

— Fedelho estúpido! — disse o Capitão. — Acha que consegue me derrotar?

Em vez de responder, Chtomio lançou a arma em direção ao Capitão com todas as suas forças. Ela atingiu o alvo e acertou o traidor em seu braço esquerdo. Dando meia volta com o cavalo, o Príncipe retornou para o Templo da Vidente. Sybilla ouviu seu nome ecoar por todo o abismo.

— Sybilla! Sybilla!

Ela instintivamente sentiu o perigo, mas, como qualquer Irmã Laranja orgulhosa, Sybilla foi caçadora antes de se tornar uma Vidente. E uma caçadora nunca é uma presa. Ela correu para dentro da caverna e pegou seu arco e flechas. Então se escondeu atrás de um dos grandes pilares e apontou para o cromo a cavalo que vinha em seu caminho. Mas era... Chtomio!

— Sybilla! — gritou Chtomio. — Eles estão atrás de mim! Esconda-se no Templo!

Sybilla viu os outros três perseguindo Chtomio e, por um momento, ficou confusa. "Ele não era o rei deles? O que estava acontecendo?"

— Desça de seu cavalo ou eu farei isto do jeito mais doloroso que possa imaginar! — vociferou o Capitão. — Sua amiga não o ajudará. Ela é esperta o suficiente para saber que isto não lhe diz respeito.

Em resposta, uma flecha voou na direção deles e atingiu Finian no pescoço. O cromo Vermelho escorregou de seu cavalo, morto antes de cair no chão. O outro guarda também não teve tempo de se esquivar de uma segunda flecha que perfurou sua armadura e atravessou seu coração. Em um movimento surpreendente, o Capitão saltou de seu cavalo e rapidamente se escondeu atrás de várias pedras.

— Sybilla! — gritou Chtomio.

Ele começou a correr na direção dela.

— Não se mexa! — berrou ela por trás do pilar.

— Cometi um erro — gritou o Capitão. — Ele é um impostor! Ele matou o verdadeiro Príncipe Chtomio e levou suas roupas e sua máscara. Foi por isso que viemos atrás dele.

— Não é verdade, Sybilla! — bradou Chtomio.

Ele estava de pé no meio do abismo e se sentiu como um alvo fácil. De um lado estava Sybilla com seu arco e, do lado oposto, escondido atrás das pedras, estava o Capitão que só esperava o momento certo para ir atrás dele.

— Deixe-me levá-lo para Samaris! — vociferou o Capitão para Sybilla. — O Conselho decidirá quem está mentindo e quem não está! Este assunto não lhe diz respeito.

— Ele quer me matar, Sybilla! Não lhe dê ouvidos — gritou Chtomio.

— O Reino Vermelho lhe será muito grato, Vidente Laranja — berrou o Capitão.

Sybilla observou, entretanto, que sua voz havia mudado de direção. Ela não conseguia ver onde ele estava, mas o Capitão claramente se movia. Ela procurou por qualquer coisa que pudesse denunciar a posição do cromo Vermelho.

— Você consegue ver onde ele está, Chtomio? — perguntou ela.

Chtomio balançou a cabeça. Então, movendo-se lentamente para onde os dois soldados mortos estavam no chão, disse:

— Vou pegar uma espada.

— Não! — ordenou ela, apontando uma flecha em sua direção. — Fique onde está!

— Sybilla, você precisa acreditar em mim! — suplicou Chtomio.

Mas ela não sabia se podia confiar nele ou não. E se tivesse mentido para ela? *O coração engana o que a visão recebe.* "Como é irônico que meu cérebro conjugue uma de minhas próprias falsas previsões em meu momento de necessidade", pensou.

— Sybilla, cuidado! — avisou Chtomio.

Ela sentiu como se um pedregulho tivesse caído em suas costas e a empurrado contra o chão. Mas aquela rocha tinha braços e pernas. Era o Capitão, que avançou rápida e silenciosamente atrás das rochas e chegou até Sybilla pelas costas. O Capitão a desarmou e ela sentiu outra dor aguda quando uma grande mão puxou seu cabelo com tanta força que pensou que seu pescoço iria estalar e quebrar. Ela sentiu uma lâmina fria abaixo do queixo e sabia que morreria.

Naquele instante, ela ouviu um forte estrondo. Chtomio havia jogado uma pedra com pontaria certeira contra seu agressor, atingindo-o na cabeça. O Capitão soltou o cabelo de Sybilla e ela fugiu para fora do alcance dele, correndo em direção a Chtomio. O jovem a abraçou com força, como se isso fosse a coisa mais natural para se fazer. Ela o envolveu com os braços e descansou a cabeça no peito dele.

— Você está ferida? — perguntou ele.

Ela balançou a cabeça.

— Sinto muito — disse ela.

— Não lamente — sussurrou ele —, devo minha vida a você.

— Eu que lhe devo a minha — corrigiu ela.

— Vamos, Majestade! Vamos ver o que você sabe fazer!

O desafio veio do Capitão enquanto lutava para ficar de pé. Ele balançou a cabeça para desobstruí-la e depois avançou sobre eles como uma besta com a intenção de encurralar sua presa. Chtomio ainda segurava a espada firmemente em sua mão.

— Vocês, nobres, são todos inúteis. Se dependesse de mim, eu mataria todos — rosnou o Capitão.

Chtomio não falou. Seus olhos estavam voltados para o Capitão. Em seu braço ferido. Ele era maior e mais alto que Chtomio, mas o corpo do jovem cromo Vermelho era tão ágil quanto o de um gato.

O Capitão desembainhou um martelo de guerra e deu um bom golpe, mas Chtomio foi rápido o suficiente para se esquivar.

— Você vai morrer hoje, Chtomio — sibilou ele.

O Capitão fez uma segunda investida e, desta vez, Chtomio conseguiu se esquivar por pouco do movimento brusco com a arma. Sua espada atingiu o cabo do martelo, mas o Capitão desviou facilmente o golpe, desequilibrando Chtomio. Ele caiu e perdeu a espada.

— Viu como foi fácil? — disse o Capitão.

Ele virou o martelo e apontou a arma mortal para o Príncipe. Então avançou novamente, determinado a transpassar Chtomio.

A raiva de Chtomio corria através dele mais rápido do que um relâmpago. Ele não morreria naquele momento, independentemente do que os deuses tivessem decidido. Seus punhos apertaram a terra seca e ferrugínea. Ao mesmo tempo que o Capitão se virou para apunhalá-lo, Chtomio atirou poeira na máscara dele. Por um breve instante, o martelo do Capitão girou no ar, dando a Chtomio os segundos que ele precisava para chutar seu oponente no abdômen e derrubá-lo. Chtomio agarrou rapidamente a espada e a afundou sobre o Capitão com todo seu peso.

— Aaaahhhh!

Seu grito de batalha reverberou com a raiva indomável de seus 18 solstícios. Ele sentiu a espada mergulhar pelo peito do Capitão, raspando suas costelas e abrindo um buraco nas costas do cromo traidor. O corpo do Capitão se sacudiu e se retorceu sob ele. Esperou até o Capitão morrer antes de se levantar, não lhe restava energia alguma. As mãos de Chtomio estavam cheias de sangue, mas ele permaneceu surpreendentemente calmo. Ele matara com uma frieza que não sabia que tinha, até o momento. Sybilla aproximou-se e ambos olharam fixamente para o corpo no chão.

— Não entendo. Por que estavam atrás de você? — perguntou ela.

— Sem dúvida alguns nobres Vermelhos não gostavam de mim, nem de meu pai — disse ainda chocado com o que acabara de acontecer.

— O que vai fazer agora?

— Voltar para Samaris — respondeu, resoluto —, enterrar meu pai e depois destruir o Conselho para começar.

Sybilla assentiu. Que estupidez a dela pensar que... que...

— Mas não posso voltar sozinho — acrescentou Chtomio. — Preciso de alguém ao meu lado, alguém que não tenha medo e que possa correr riscos...

— Que tipo de riscos?

— Todos os tipos, porém o mais importante: o risco de ser Rainha de cromos de uma cor diferente.

Sybilla sentiu um calor repentino lhe corar as bochechas.

— Você sabe que cores diferentes não podem se misturar — disse ela.

— Então por que é que as Cromos Laranja se misturam com os Cromos Amarelos? Qual é a diferença?

Uma pergunta tão simples, e mesmo assim ela não sabia a resposta. Era engraçado como ela mesma nunca havia questionado esse velho costume. No entanto, apesar disso, queria dar-lhe mil razões para que tal arranjo nunca funcionasse entre eles e ainda assim tudo o que ela podia pensar, tudo o que conseguia sentir, era que estar com Chtomio era a única coisa que lhe importava. Ainda mais do que ser uma Vidente.

— Tem certeza de que é isso que você quer? — perguntou ela. — Uma profetisa estranha como sua companheira?

— Não — respondeu ele —, não uma Vidente Laranja, mas uma nova Rainha Vermelha.

— Desta forma, você enganará seus súditos. E não quero mais enganar ninguém.

— Meus súditos já vivem em um reino de enganação. Quanto mais vivo, mais vejo que isso se espalha como uma doença. Não somos nós dois que estamos no caminho errado, Sybilla. É todo o resto que parece errado. E nós precisamos mudar isso, e não a nós mesmos.

Ao olhar para ele, ela sabia que seu coração já dissera sim no primeiro instante em que havia posto os olhos em Chtomio. Além disso, a poderosa verdade de suas palavras era algo que ela conhecia desde cedo, mas não fora capaz de articular até então. Até aquele momento, ela pensava que havia superado seu destino, mas na realidade era o contrário. Ela sentiu como se o chão afundasse debaixo dela, mas os braços fortes de Chtomio a agarraram antes que ela caísse.

— Você está bem? — perguntou, preocupado.

— Sim. Pela primeira vez na minha vida, estou realmente bem.

Ambos tiraram as máscaras, e o beijo tornou-se tão urgente quanto a própria vida.

◆

CAPÍTULO 49

UMA DANÇA DE CORES

— Antes de Sybilla partir com Chtomio, ela deixou uma mensagem enigmática para as Irmãs Laranja escolherem uma nova Vidente, pois ela fora levada pelas deusas para morar com elas.

Thalassino riu. Ele enfim tinha terminado a história e estava cansado de tanto falar.

— O que você achou da minha aula de história, Cestia? — perguntou ele. — Seu pai nunca disse nada sobre o passado dele?

Mantive-me em silêncio. Como estava mais familiarizado com o temperamento de Cestia do que Thalassino, sabia que ela precisaria de tempo para absorver o que o companheiro de Danayd havia acabado de revelar. Sua expressão traiu suas verdadeiras emoções, mas sua voz era fria como gelo quando, em uma tentativa de evitar a verdade, ela falou em um tom acusatório:

— O que você está dizendo, Thalassino, é que meu pai teve uma amante Laranja antes de conhecer minha mãe?

— Não, estou dizendo que Sybilla *era* sua mãe.

— Bobagem! O nome de minha mãe era Ceicnei, e ela certamente não era uma cromo Laranja.

— Sua mãe mudou o nome antes de pôr os pés no território Vermelho. Assim como seu pai mudou o nome de Chtomio para Quadrio por causa da coroa.

Ela olhou para ele e depois para mim. Cestia sussurrou:

— Não consigo acreditar nisto, Asheva...

— É difícil para mim acreditar também — comentei —, tanto quanto é difícil acreditar que Danayd era um cromo Vermelho. Como ele conseguiu ser aceito pelos Cromos Violeta como seu líder?

— Eu disse, Danayd é um camaleão — respondeu Thalassino. — Mas essa é outra história completamente diferente.

— Agora entendo por que Ewy queria que eu fosse sua Irmã-guia — refletiu Cestia, ainda pensando sobre a história de Sybilla. — E deve ser por isso que meu pai me trouxe para o Templo Laranja depois que minha mãe morreu.

— Sim — confirmou Thalassino. — Seu pai amava sua mãe e sofreu muito quando ela faleceu. Ele dizia muitas vezes ao meu Magnífico que sua Rainha era como uma laranja-de-sangue, laranja por fora e vermelha por dentro, a mais preciosa das frutas.

— Como você sabe tudo isso? — perguntou ela.

— Chtomio e Danayd permaneceram bons amigos ao longo da vida. E o fato de ambos terem se tornado líderes de duas grandes nações só fortaleceu seus laços — respondeu ele.

Então, voltando-se para mim, ele disse:

— É por isso que Chtomio o trouxe para o território Violeta após você escapar de Ayas. Ele sabia que estaria a salvo lá, entre amigos. E é por isso que sabíamos tudo sobre você antes mesmo de pôr os pés em Papylia.

— Pelo que parece, nestes nossos territórios lamentavelmente divididos, as Leis Coletivas são escritas... apenas para serem descartadas — refleti. — A Rainha Vermelha anterior era uma cromo Laranja, o governante dos Cromos Violeta é um cromo Vermelho, e Cestia é metade cromo Laranja. Eu não me surpreenderia se descobríssemos que os Cromos Verdes são Cromos Pretos!

— Os Cromos Verdes não são Cromos Pretos, meu amigo arlequim — respondeu Thalassino —, mas há um cromo Preto que não é um cromo Preto, nesta dança de cores que fomos obrigados a dançar.

— Quem? — perguntei.

— O filho de Adina, a janis Vermelha… Nomius!

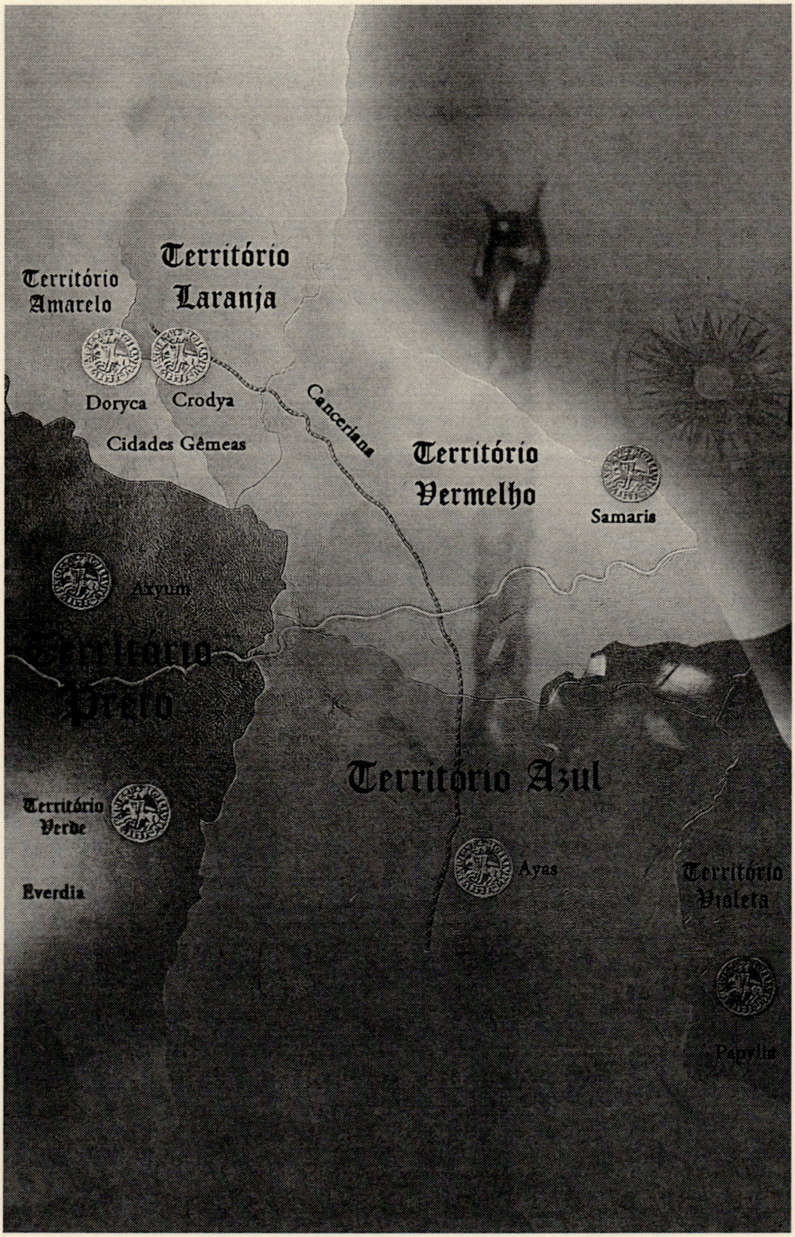
Território Amarelo
Território Laranja
Doryca
Crodya
Cidades Gêmeas
Canceriana
Território Vermelho
Samaris
Axyum
Território Preto
Território Azul
Território Verde
Everdia
Ayas
Território Violeta